食堂のおばちゃん

山口恵以子
Eiko Yamaguchi

角川春樹事務所

目次

装画　ノグチユミコ
装幀　藤田知子

食堂のおばちゃん

第一話　三丁目のカレー

タイマーが鳴った。ガス釜に点火してからきっちり三十分。蒸らしも充分の頃合いだ。

二三《ふみ》はタイマーを止め、炊飯器を調理台に上げて蓋を取った。白い湯気と共にほのかに甘い炊きたてのご飯の香りが立ちのぼる。湯気の中から現れるのは、真珠色に輝くふっくらしたご飯粒の群だ。大きな木のしゃもじで釜の周囲からご飯を剝がし、ジャーに移してゆく。この作業をする度に、二三はうんと幼い頃、亡くなった母が文化釜で炊いたご飯を木製のおひつに移していた姿を思い出した。

隣では姑《しゅうとめ》の一子《いちこ》が味噌汁《みそしる》の味加減をしている。今日の具は大根の千六本と油揚げ。冬は大根、ネギ、白菜と、白い野菜が美味《おい》しい。

二三は釜の底に貼り付いたご飯をしゃもじでこそげ、塩と煎《い》りゴマを振りかけた。釜底のご飯にはほんのり焦げ目が付いている。それを二等分し、手早く小さなおにぎりを作る。

「はい、お姑《かあ》さん」

しゃもじに載せて一つ差し出すと、一子は「ど〜も」と言って口に運んだ。

「やっぱりガスで炊いたご飯は美味しいねえ」

一子は今日も朝の定番のようになっている台詞《せりふ》を口にする。二三も頷《うなず》きながら、お焦げのおにぎりを頬張った。これがいつも二人の朝食代わりだ。

時刻は午前十一時十五分。あと十五分で開店となる。

ここは佃《つくだ》の大通りに面した「はじめ食堂」。昼は定食屋、夜は居酒屋を兼ねる、何の変哲もない古びた店だ。カウンター七席に四人掛けのテーブルが五卓。しかし何故《なぜ》かテーブルには赤白チェックのビニールのクロスが掛かっている。これは昔、つまり一子の夫が健在の頃、きちんとした洋食屋の看板を掛けていた時代の名残だった。メニューからビーフシチューや海老のコキールやホタテのグラタンを一掃したとき、一緒に捨てられなかったものの一つだ。

二三は厨房《ちゅうぼう》を出て、店の表にのれんを掛け、立て看板を出した。黒板にこの日の昼定食の献立を書いたものだ。煮魚はぶり大根、焼き魚はサンマ開き、トンカツ定食、海老フライ定食、日替わり定食はチキン南蛮。

厨房では一子が定食に付ける小鉢を盛りつけていた。小鉢は二種類で、今日は厚揚げと玉ネギの甘味噌炒《いた》めと小松菜のお浸し。それぞれ盆に並べたら、その上に盆を重ねて載せて行く。ランチタイムのかき入れ時に、一々小鉢をよそっていられない。

二三も一子も白衣に白の前掛け、頭は白い三角巾で覆い、足元は安全第一でスニーカーを履いている。揚げ物や炒め物をするので、夏でも白衣は長袖だ。

準備万端整ったところで、口開けの客が硝子戸《ガラス》を開けた。

「いらっしゃい！」

二人は声を揃《そろ》え、笑顔でお客さんを迎えた。


一子が鍋の蓋を手に、二三を振り返った。

「ぶり大根、結構出ちゃったね。少し足しとこうか」

ぶり大根は夜もお勧めの肴《さかな》で出す予定なのだ。

「アラ、もう無いよ。冷凍庫の、全部使っちゃった」

「じゃ、魚政《うおまさ》行ってくるわ」

魚政は通りの角にある魚屋で、先代からの付き合いだ。

「いってらっしゃい」

二三は米を研ぎながら一子の背中に声をかけた。

時間は午後二時四十五分。ランチタイムが終わって店を閉め、二人でゆっくり賄いご飯を食べ終えたところだ。

夜は五時半の開店に合わせて、四時過ぎから仕込みに入る。これから一時間半ほどの間に休憩を取って、九時まで立ちっぱなしだ。二三は二階へ上がり、炬燵《こたつ》に潜り込んでうたた寝を始めた。

一と書いて「にのまえ」と読む。確かに、一は二の前だ。しかし二と書いて「さんのまえ」とは読まない。日本語は難しい。特に人名と地名は、「珍名さん奇名さん」というクイズ番組のコーナーがあったくらいで、謎々《なぞなぞ》の世界だ。

二十六年前、高《たかし》との結婚を決めたとき、二三が困惑したのも「結婚したら私、一二三になっちゃう⁉」からだった。ちなみに二三の旧姓は倉前《くらまえ》で、音は「にのまえ」と大して違わないのに、文字にした途端天と地ほども違ってしまう。

「良いじゃないか。一子よりましだよ」

立ち止まった二三の背中を押すように、高は言った。

「そうよ。あたしなんか、一一子《いちいちこ》よ」

一子の言葉に惑いは消え、二三は結婚に踏み出した……。

そんなわけで、はじめ食堂の歴史は結構古い。銀座のホテルで修業した孝蔵《こうぞう》が、裏通りのラーメン屋の看板娘だった一子と結婚したのが六十五年前、独立して生まれ育った佃の町に洋食の店を開いたのが五十年前のことだ。

以来、夫婦で二人三脚、下町の洋食屋として繁盛していたが、三十年前、大黒柱の孝蔵が心筋梗塞で頓死した。五十八歳だった。

その時は閉店の危機に瀕《ひん》したが、一人息子の高が勤めていた一流商社を退職し、店を継ぐことで乗り切った。高はその前年に妻を癌《がん》で亡くしていたが、看病を理由に海外勤務の辞令を拒否し、左遷の憂き目に遭っていた。商社マンから食堂のオヤジにすんなり転身したのには、そういう事情も絡んでいる。

二三がはじめ食堂に通うようになったのも、丁度その頃。大学卒業後、大手デパートに就職し、一人暮らしを始めた三軒茶屋のワンルーム・マンションから佃の安いアパートに引っ越してきたばかりの二十五歳のときだった。佃は勤務先の銀座に近く、その割りには家賃が安かったので、新人OLにはありがたかった。最初に見栄を張って痛い思いをしたので、その頃は二三も堅実になっていた。たとえ風呂無しの四畳半一間であっても、流し台にコンロが一つ付いただけの情けない台所であっても、佃での生活は快適だった。風呂は佃小橋を渡ってすぐの日の出湯に通い、夕ご飯は毎日はじめ食堂で食べた。

そして、妙な成り行きで高と結婚することになったのだが、生活はそれほど変わらなかった。二三はデパートで働き、毎日食堂で作ったご飯を食べ、娘の要《かなめ》を産み、それからもキャリアウーマンの出世階段を上り続けた。

その高が父と同じく心筋梗塞で急死したのが十年前……。父より五歳若く五十三歳だった。はじめ食堂に第二の、そして最大の危機が訪れた。それを救ったのが二三の決断だった。デパートを辞め、一子と一緒に食堂で働くことにした。衣料品のバイヤーとして活躍し、業界でも屈指の存在として知られていたが、迷いはなかった。この食堂こそは二三のたった一つの家だった。

あれから十年、遣り手のキャリアウーマンだった昔とはきれいさっぱり決別し、今やどこから見ても食堂のおばちゃんだ。化粧ともブランドともハイヒールとも縁が切れた。ただ、不思議なことに、昔は「きつい」「険がある」と囁《ささや》かれた顔つきが、この十年で変化して、最近は「優しそうな人」と言われることさえある。二三は食堂の仕事が意外なほど自分に合っていたことを、しみじみ感じていた。

今年八十二歳になる一子は、いまだに毎日厨房に立って元気に働いている。頭もはっきり、足腰もしっかりで、見た目も中身も実年齢より確実に十五歳は若い。それもこれも現役なればこそである。そして、かつて「佃島の岸惠子」と謳《うた》われた美貌も健在だ。

二三と一子は嫁と姑で、普通なら様々な思惑が入り乱れ、軋轢《あつれき》が生まれるはずだが、不思議なことに仲が良い。二人三脚で食堂を切り盛りしているせいもあるが、それ以前から妙に気が合って、簡単に言えば相性が良かった。すべては縁のなせる業だろう。

「おばちゃん、七草がゆって、残ってる?」

辰浪康平《たつなみこうへい》がカウンター越しに一子に聞いた。今日は一月七日。この日は毎年昼のメニューに七草がゆ定食を載せているのだが、夜、呑んだあとに所望する客もたまにいる。康平は近所の酒屋の若主人で、酒の後はご飯ものが欲しくなる質《たち》だ。

「あるよ。どのくらい食べたい?」

「う〜ん、丼に七分目くらい」

「はいよ」

花柳界ではどれほど年を取っていても、芸者は「おねえさん」と呼ぶのがしきたりである。同じく、食堂ではどれほど年を取っていても働く女性は「おばちゃん」と呼んで「おばあちゃん」と言わないのが掟《おきて》だ。八十過ぎても現役の一子は当然「おばちゃん」である。

「やっぱおかゆは、胃に優しいよねえ」

康平はふうふう冷ましながら匙《さじ》でかゆをすくっている。サービスで紀州産の梅干しを二つ載せてやったのでご機嫌だ。

この頃はスーパーで「七草がゆセット」を売っているので、わざわざ材料を買い集めなくても済み、はじめ食堂でも助かっている。

「ところでさあ、冬は冷や汁やる予定ないの？」

「うん。あれと素麺《そうめん》は夏限定。季節感、大事だし」

二三がテーブルの客に燗酒《かんざけ》を運びながら答えた。

すると、カウンターで鯖《さば》の味噌煮定食を食べていた客が、ぴくりと頭を動かした。

「おたく、冷や汁なんてあるんですか？」

「はい。六月から十月いっぱいまでなんですけど」

客がごくんと喉を鳴らした。去年の十一月から来始めた新顔で、ほぼ三日置きにやってくる。夜八時半頃入ってきて、酒は呑まず、定食メニューを注文する。年齢は五十少し前くらい。中肉中背、細く小さな一重まぶたの地味な顔だが、アルマーニのスーツとフェラガモの靴を身に着け、腕時計は目の玉が飛び出るヴァシュロン・コンスタンタンだった。

昔取った杵柄《きねづか》でつい値踏みしてしまい、二三は内心自分を恥じたが、それにしても全身高額ブランドで固めた男が、どうして週に二日もこんな安い食堂で夕飯を食べているのか不思議だった。

「冷や汁、中身は何ですか？」

客は真剣な顔で尋ねた。

「もう、普通ですよ。アジの干物、キュウリ、茗荷《みょうが》、青紫蘇《あおじそ》、それとよく擂《す》ったゴマをたっぷり」

「う、美味《うま》そうだな……」

客がまたしてもゴクンと喉を鳴らした。

「ここの冷や汁はね、ご飯と素麺と選べるんですよ」

康平が少し得意げに口を挟んだ。

「えっ？　素麺ですか？」

「いけますよ。水で洗ったご飯でサラッといくのも美味いけど、冷や素麺も合います。ツルツル入っちゃう」

客はよだれを垂らしそうな顔をした。

「……いいなあ。昔、夏になるとおふくろが作ってくれたんですよ。おふくろ、宮崎の出身だもんで」

「お客さん、どうぞ末永くご贔屓《ひいき》にしてやって下さい。六月になったら始めますからね」

「はあ、こちらこそ。あ、ご飯、おかわりお願いします」

客は遠慮がちに茶碗《ちゃわん》を差し出した。二杯目は必ずお茶漬けにして、一子自慢の漬物でかき込むのがこの客の食事パターンであることを、もう二三も一子も飲み込んでいた。


「食は三代って言うじゃない」

帰宅した要はダイニングキッチンで遅い夕食を食べている。メニューは鯖の味噌煮定食とサラダ。食堂は九時閉店だが、出版社に勤める要が閉店前に帰宅することはほとんどない。だからいつも食堂の残り物から好きな物を選んで食べている。

「きっとその人、初代の成金でさ。着るもんはブランドだけど、お袋の味が恋しいんだよ」

「そんなとこだろうね」

二三と一子は要に付き合って軽く夜食を食べる。二人のメインの食事は昼の営業が終わった後の遅い昼食で、夜はあまり腹が空いていないから、食堂を閉めた後、残り物をつまむ程度だ。最近は、寝る前はあまり食べない方が良いと言われているので、健康にも良いかも知れない。

「去年、どっかの超高級マンションに越してきたんだよ」

「すごい金持ちなんだろうねえ」

佃には高層タワーマンションが何棟もそびえ立っている。ほとんどは石川島播磨重工が移転後、バブル期に建造された。

漁師町の風情を残した昔ながらの下町の風景は、それによって一変した。都会の小金持ちと有名人が流入し、土地の人間と一線を画すような風物が生まれた。高級スーパーやスポーツジムの出店などがその最たるものだろう。街を歩いていて、テレビに映る有名人の姿を見掛けることも珍しくない。みな高層マンションの住人だった。

「そういう人がわがまま言ってさ、三万でも五万でも良いから、今、冷や汁が食べたい……なんてなれば良いのに」

「それはダメ。他のご常連に失礼だもん」

「……そっか。がっかりだね」

はじめ食堂のような店のお客は、八割がご常連で、ご新規は二割程度だ。その中から常連になってくれるお客は二、三割といったところか。ご常連を大切にしつつ、ご新規を増やさないと店はやっていけない。それでもここ四半世紀で常になく新顔が増えたのは、高層マンションに越して来た人たちが利用するようになったからで、おかげさまで助かっているのだった。

初めて店にやってくるお客が地付きの人か、高層マンションの住人かはすぐに分かる。地付きの人とはたいてい顔見知りというのもあるが、マンションの住人はどことなく雰囲気が違う。持ち物や服装がおしゃれっぽかったり、ちょっと気取った感じがしたりする。今考えればデパートに勤めていた頃の二三も、そんな感じだったのだろう。

だからその女性客が店に入ってきたときも、すぐにマンション族だと分かった。マックスマーラのコートと赤のバーキン、素人技とは思えない見事な巻き髪、彫りの深い派手な顔立ちなど、普通に街を歩いているより、ファッション雑誌のグラビアに載っている方がお似合いだった。年齢は三十そこそこと思われる。ただ、華やかな装いにもかかわらず、表情が暗く沈んでいた。

「いらっしゃいませ。どうぞ、空いてるお席に」

時間は一時を回ったところで、昼ご飯の客が一斉に席を立った後だった。店には奥のテーブルに常連の三原茂之《みはらしげゆき》がいるだけだ。

女性客は反対側の隅のテーブル席に向かい、三越の紙袋を椅子に置いた。コートの下のワンピースもマックスマーラだった。

雑誌のモデルかな……と二三は見当を付けた。ファッション雑誌のグラビア撮影に立ち会ったとき、似たようなタイプの女性を大勢見ている。

女性客はキョロキョロと店内を見回し、壁に貼った品書きを眺めた。それは夜の酒の肴で、昼の定食は表の看板と店内の黒板に書いてあるのだが、注文があれば夜のメニューでも出来るだけ出すようにしている。固いことを言わないのがはじめ食堂のモットーだ。

「はい、どうぞ」

女性客の前にほうじ茶を出し、続いて三原の席に煮魚定食を運んだ。ご飯・味噌汁・煮魚・小鉢二つ・サラダ・漬物が付いて、七百円。安くはないが、ご飯と味噌汁はおかわり自由、サラダも普通の定食屋よりは量がたっぷりしているし、ドレッシングは三種類用意している。そして料理はすべて手作りで、既製品は使わない。

「明日の日替わりは牡蠣《かき》フライだったっけ？」

サラダにノンオイルドレッシングをかけながら三原が聞いた。トマトが嫌いなので、三原のサラダにはいつもブロッコリーを多めに入れてある。

「うん。今日築地で仕入れてきたんですよ」

「限定十食じゃありませんよね？」

牡蠣フライは季節限定メニューで、冬の間しか出さない。そして仕入れ値が高いと中止する。その品薄感が人気で、毎回ランチタイム閉店前に売り切れになってしまう。

「まさか。売るほど作りますよ。余ったら夜出しちゃう」

「じゃ、僕の分、予約しときます」

三原は十年ほど前からの常連客で、ほとんど毎日昼ご飯を食べに来る。年は七十代半ばくらいだろう。奥さんを亡くして一人になり、それまで住んでいた家を売って佃のマンションに引っ越してきた……と、問わず語りに聞き知った。冬はジャージにサンダル、夏は甚平に下駄という至ってラフなスタイルで現れるので、格好だけ見ると完全に地元のおじさんだが、実は超高級マンションに住んでいるという噂《うわさ》が、まことしやかに囁かれている。

「あの……」

女性客が小さく手を上げた。

「お魚、何ですか?」

「はい。煮魚が赤魚、焼き魚が文化鯖です。築地で仕入れたんで、どっちも肉厚で脂が乗ってて、美味しいですよ」

「……じゃ、煮魚下さい」

「ありがとうございます」

忙しいときは無理だが、今は暇があるので聞いてみた。

「お客さん、苦手な食べ物はありますか? トマトとか、カボチャとか、シラスとか?」

「ううん。みんな、大好き」

女性客は嬉《うれ》しそうに微笑《ほほえ》んだ。整いすぎて冷たく感じられる顔が、笑うとすっかり違って見える。ドジで気の弱いお人好《ひとよ》し……そんな印象だった。

「こんちは」

立て続けに二人、客が入ってきた。どちらも昼の込んでいる時間を避けてやって来る常連客で、野田梓《のだあずさ》という女性と赤目万里《あかめばんり》という青年だ。梓は二三と同年代、銀座の老舗クラブで長年チーママを務めている。万里は要と小学校から高校まで同級生で、大学卒業後就職した機械メーカーを一年で退職し、現在はフリーターである。要の話では作家を志しているらしい。

「日替わり！」

カウンターに座った万里は即決で注文した。今日の日替わり定食はコロッケ。プレーンとカレー味の二個付きだ。

揚げ物の定番メニューはトンカツと海老フライ、日替わりでチキン南蛮・烏賊《いか》フライ・アジフライ・サーモンフライ・メンチカツ・コロッケが入る。コロッケはトンカツより軽く見られているが、実は家庭料理の中でもっとも作業工程の多い料理で、ジャガイモを茹《ゆ》でて皮を剝《む》いてつぶす・玉ネギをみじん切りにしてひき肉と炒める・それをジャガイモと混ぜて中身を作る・形成して衣を付ける・揚げる……と、トンカツの五倍くらい手間が掛かる。だから週一回しか出さない。

「あたし、焼き魚」

梓は手提げから取り出した文庫本を開きながら言った。読書好きで、いつも文庫本持参で来店する。スッピンで黒縁眼鏡をかけ、着ている物はジーパンとトレーナーだ。その姿はどう見ても休日の古手ＯＬか女教師のようで、銀座のクラブ勤めとは想像も出来ない。

「お待ちどおさま」

二三は新顔の女性客の前に煮魚定食を置いた。魚には同じ鍋で煮たゴボウを添えてある。酒と生姜《しょうが》をたっぷり使い、丁寧にアクを取って煮ているので、魚の臭みはまったくない。築地で仕入れた冷凍赤魚は一尾百四十円だが、お頭なしで全長二十センチ近くあり、身は肉厚でプリプリ、たっぷりと上品な脂の乗った絶品だ。

今日の小鉢はカボチャの煮付けとシラスおろし。女性客の目がキラリと輝いた。

「ドレッシング、ゆず胡椒《こしょう》はノンオイルですから」

テーブルにはフレンチとサウザンアイランド、そしてノンオイルの三種類のドレッシングが置いてある。週替わりでサウザンはゴマドレッシングになり、ノンオイルはゆず胡椒、青紫蘇、中華の順で回す。最近は女性だけでなく、中高年の男性もノンオイルを選ぶ客が増えてきた。中には万里のように、三種類全部かける者もいるが。

「万里君、今仕事は、引っ越しだっけ？」

カウンター越しに一子が尋ねた。

「あれは去年で辞めた。身体《からだ》壊しそうで……」

「だらしないねえ」

「だっておばちゃん、公団なんて、四階までエレベーターなしなんだよ。階段で箪笥《たんす》や冷蔵庫運ばされてみなよ。もう腰の蝶番《ちようつがい》ガタガタになるから」

「そんじゃ、今は無職なの？」

「うん。今週中にどっかみつける」

「牛丼屋さんは？　深夜は時給千五百円だってさ」

「ダメ、ダメ。クソ忙しくて、休みもらえないもん。書く時間なくなっちゃう」

万里は実家で両親と同居している。父親は中学校の校長、母親は高校教師だった。囓《かじ》り甲斐《がい》のある臑《すね》を持つ両親に恵まれたせいか、失業者の危機感がまるでない。素直で気持ちの優しい子だとは思うが、二三や一子の世代から見ると、何とも甘ったれで頼りない。退職してからこの二年間、仕事の選り好みばかりして、どんなバイトも長続きしたためしがない。

今はまだ若いから良いが、人はすぐに年を取ってしまう。四十歳、五十歳になったとき、定職に就いていなかったらどうなるか、二三は他人事《ひとごと》ながら心配になる。

「はい、お待ちどお」

一子がカウンター越しに定食の盆を差し出した。

「シラスの代わりに納豆ね」

「ありがとう、おばちゃん」

万里は魚が食べられないのだ。

「要、元気？」

「大変だよ。毎晩九時前に帰ってきたことないもの」

「出版不況だしな。要のとこみたいな弱小は、人使い荒いんだろ」

他人の心配してる場合かよと、二三は思わず口走りそうになる。

「あの……」

女性客がおずおずという感じで二三を呼び止めた。

「カボチャの煮物、追加でオーダーできますか?」

二三は思わずにっこりした。

「お口に合いましたか?」

「ええ。お母さんが作ってくれたのと同じ味がする」

二三は煮物の小鉢を取ってテーブルに置いた。

「これはサービス。またお近くにいらしたら、寄って下さいね」

「ありがとう」

ほっそりしているが、ご飯も味噌汁も残さずかき込み、追加の小鉢も綺麗《きれい》に平らげた。満足したせいだろう、店に入ってきたときとは顔つきまで変わって、穏やかになっている。

「ごちそうさまでした」

女性客が出て行くと、万里がしたり顔で言った。

「おばちゃん、ムダ、ムダ。見るからにセレブじゃん。もう絶対来ないって」

「こういう仕事は九割のムダが一割のご常連を育てるんだよ」

テーブルの上を片付けながら二三は万里に言った。

「あんたもね、努力がみんなブーメランみたいに返ってくるなんて思ってたら、世の中渡っていけないよ。仕事なんて、十回のうち九回は空振りするんだから。それでも腐らず二十回、百回と続けてかないと、どんな仕事だって身につかないよ」

「はい、はい」

万里はさっさと勘定を払い、退散した。

両親の庇護《ひご》の下にいて、真剣に人生と向き合ったことのない万里には、説教も忠告も小言も素通りするだけで、耳に届かない。それが分かっているので、二三はちょっぴり虚《むな》しい気持ちになる。

「ふみちゃんの言う通りだよ」

食後の一服をふかしながら梓が言った。

「あのお兄ちゃんもあと二十年もすれば分かるわよ。ま、その時は遅いんだけどね」

梓は昔、二三の勤めるデパートで業務用の服を買っていた。二三も梓の勤めるクラブで取引相手の接待をした。その頃からの付き合いなので「ふみちゃん」「野田ちゃん」と呼び合う仲だ。

「あたしだって百人のお客に手紙書いてさ、全部空振りでがっかりしてたら、二年後、三年後にひょっこり来てくれた……なんてこと、あるのよ。何が当たるかなんて分からないけど、取りあえずやってみなきゃ、何にも始まらないじゃない」

三原は何も言わないが、うんうんと頷いている。

世代の差ではなく個人の差だとは思うものの、最近二三は若い世代とのギャップを感じることが多い。梓や一子や三原とはある種の共通理解があるのだが、娘の要や万里とは話が嚙《か》み合わなかったりする。年を取ったせいだとは思いたくないのだが……。

二三は毎週火曜日と金曜日に築地へ買い出しに行く。向かう先は場外市場で、場内には足を踏み入れたこともない。鶏肉は鳥藤《とりとう》、鶏以外の肉は秋山畜産、カ印《じるし》商店で焼き魚用の魚、越後《えちご》水産で煮魚用の魚、花岡《はなおか》商店でおでん種各種、うおがし銘茶で粉茶を買うのがお決まりのコース。魚はスーパーより確実に安い。おでんは夜のメニューだが、花岡の白滝はタラコと炒《い》り煮または豚肉と生姜風味で煮て、昼定食の小鉢にする。どちらも必ず追加注文が出る人気メニューだ。

「えっ？　築地行くのにお刺身買わないの？」

みんな意外な顔をするが、築地の刺身は高級なのだ。とても昼定食には使えない。夜の刺身用の魚介は町内の魚政で買ってくる。わずかな量を求めて築地場内へ行くより、その方が効率がいいからだ。

この日も二三は朝八時に家を出て、築地で食材を買い込み、八時半には佃の家に戻ってきた。車で行けば佃から築地までは近いし、焼き魚用の魚以外はあらかじめ電話で注文して準備しておいてもらうので、買い物もあっという間だ。

車からカートを引っ張り出し、店に入ると一子も二階から降りてきた。

「おかえり。ご苦労さん」

食材を冷蔵庫に詰めるのを手伝う。

「お姑さん、これ、八十円だったよ」

鯖のもろみ漬けを取り出すと、一子は感心して眺めた。

「大きいねえ。お皿からはみ出しそうじゃない」

ひとしきりその日の成果を品評して、二人とも二階に上がる。のんびりお茶を飲み、テレビのワイドショーを観て、九時半を回ったら昼の準備に掛かるのが習慣だった。

二三も一子も茶の間に入るや、炬燵に足を突っ込んだ。季節は三月の半ば。まだまだ寒い日が多く、当分炬燵は手放せない。

「まだやってる、離婚問題」

一子がリモコンを取ってボタンを押した。別の局では報道ニュースを流していて、何処《どこ》かの会社の吸収合併の話題だった。もう一度ボタンを押そうとして、一子はハッと手を止めた。

「ふみちゃん、この人……！」

二三も画面を凝視した。映っているのはあのお客、今や週三回は店で夜ご飯を食べるようになった、全身高級ブランドで固めたあの男だった。アナウンサーの声に耳を澄ますと、藤代誠一《ふじしろせいいち》という名で、ＩＴ企業のオーナーで、大変お金持ちであると聞き取れた。

二三も一子も顔を見合わせた。

「あの人、何でうちでご飯食べてんの？」

ブランドと言えば、マックスマーラを着ていた女性客も、あの日以来毎週火曜日にはじめ食堂に現れるようになった。二三と一子の間ではこの女性客は火曜日にちなみ「かよ子」と呼ばれている。相変わらずファッション雑誌から抜け出たような格好で、憂鬱そうな顔をしている。昼ご飯を食べ終えるといくらか表情が明るくなるが、悩みを抱えているのは間違いなさそうだった。

今日も入ってくるなり、深刻な顔で考え込んでいる。

「あの……」

二三が三原に焼き魚定食を運んで帰ってくると、悩ましげに呼び止めた。

「サーモンフライと、鯖のもろみ漬けと、どっちが美味しいの？」

隣りのテーブルでは梓が日替わり定食の自家製タルタルソース付きサーモンフライを食べている。三原の鯖と梓のサーモンを見て、心が揺れているのだ。

「そうですねえ……。お好みですから」

「どっちも美味しそうだわ。でも、二食は食べられないし」

かよ子はムンクの「叫び」のように、両手を頬に当てた。

「でも、どっちも食べたいわ」

「それじゃ、ハーフ&ハーフにしましょうか？」

「えっ？　良いの？」

「特別ですよ」

二三が頷くと、かよ子は晴れ晴れとした笑顔になった。三原も梓もちらりと二三を見て微笑んだ。二人とも同じサービスをしてもらったことがあるので、気持ちは良く分かる。固いことを言わないのがはじめ食堂の良いところだ。

今日の小鉢はホウレン草のお浸しにモヤシとひき肉の巾着煮。味噌汁はシジミ。かよ子はお浸しを追加注文し、例によって残さず綺麗に平らげた。

「毎週火曜日は、こちらの方にいらっしゃるんですね」

二三は新しくお茶をつぎ足しながら言った。

「銀座でね、懐石料理習ってるの」

「まあ」

懐石料理と聞いて二三は思わず感嘆したが、かよ子は首を振った。

「別に美味しくないわよ、手間が掛かるだけで。おばさんの料理の方がずっと美味しいわ」

「うちはただのお総菜ですから。魚焼いただけで料理って言うのもおこがましいですけどね」

「そんなことないわよ。一汁五菜で、すごくバランスが良いもん。サラダもたっぷりだし。きっと、毎日食べても飽きないと思う」

「そう。もう三十年、毎日ここでランチ食べてるけど、飽きないわ。三原さんもでしょ？」

梓が三原を見て、乾杯するように湯呑み茶碗を挙げた。三原もそれを受けて湯呑みを挙げた。

「僕はまだ十年だけどね。ただ、ここの昼をメインにして、夕飯を軽くしているせいかな。健康診断の結果はとても良いよ」

かよ子はしゃべりすぎたのを恥じたらしく、照れくさそうに頭を下げ、勘定を済ませてそそくさと出ていった。

「〝かよ子〟さんはああ言ってくれたけど、やっぱり亡くなったお舅《とう》さんの代は一流の洋食屋だったわけだから、今の姿は申し訳ない気がするわ」

「しょうがないじゃない、目指すものが違うんだから」

梓が言うと、一子も相槌《あいづち》を打った。

「そうだよ。うちの人はホテルで修業したから洋食にこだわったんでさ。高と二人で店を続けることに決めたとき、方針転換したんだから。家庭の味で行こうって」

「たぶん、僕が毎日食べに来るのもそれだと思う。自分の家でご飯を食べているような気がするから」

二三も三十年前を思い出した。夜、仕事を終えてアパートに戻り、日の出湯へ向かう道すがら、習慣のようにはじめ食堂に寄ったのは、自分の家でご飯を食べているような気分にさせてくれたからだ。まだ元気だった母と父と三人で、食卓を囲んでいた頃のような……。

「そうだよね。お客さんが喜んでくれてるんだもん、良いか」

二三は厨房に戻り、流し台にたまった洗い物を片付け始めた。

「オムライス！」

その夜、店に現れた藤代誠一は、黒板に書かれたその日のお勧めメニューを見るなり、迷わずオーダーした。

オムライスは元々昼定食のメニューなのだが、夜も出したところ好評だったので、週一回の割りでメニューに載せている。セットでサラダとコンソメスープが付く。

藤代はオムライスが好物らしく、メニューにあると必ず注文した。

玉ネギと鶏肉のチキンライスはあらかじめ作ってジャーで保存しておき、注文が入ると卵三個でミディアム・レアのオムレツを作り、型抜きしたライスの上に載せる。スプーンを入れると卵がほどけ、火口から黄色い溶岩が流れ出すように赤いライスを覆って行く豪華版だ。秘訣《ひけつ》はご飯を固めに炊くことと、鶏肉と玉ネギを炒めた後、水気を切っておくこと。そうすればチキンライスがべちゃべちゃにならない。

「はい、どうぞ」

二三はオムライスの皿の横にケチャップのチューブを置いた。ケチャップ味が控えめなので、お客の好みに合わせてかけてもらっているのだ。

「いただきます！」

藤代はほとんどしゃかりきと形容したいほど、夢中になってオムライスをかき込んだ。

カウンターでそれを見ていた山手《やまて》政夫《まさお》が、生ビールのジョッキを置いて言った。

「ふみちゃん、俺もオムライス」

連れの後藤輝明《ごとうてるあき》が呆れた顔になった。

「スクランブル食った上に、オムライス？」

「俺はこの世で卵が一番好きなんだよ」

山手は近所の魚屋「魚政」の主人で五十年来の常連。後藤も近所の住人で、一人で来たときはさっと呑んでさっと帰る客だった。

「ああ、うまかった！　やっぱりオムライスだよ」

藤代はとろんとした目つきで空になった皿を眺めた。

「ねえ、おばちゃんとこ、カレーはないの？」

「前はやってたんですけどねえ、手間が掛かって大変だから、いつの間にかやらなくなっちゃって」

みじん切りにした玉ネギを飴色《あめいろ》になるまで炒めるのは、四人分なら大したこともないが、二十人分となると大事だ。それに熟成した味を出そうと思うと、前の日から作って火を入れないといけない。

「日曜日がカレー作りでつぶれたりしてね」

「別に、そんなご大層なカレーでなくて良いよ。専門店じゃないんだから」

藤代は懐かしそうな目になった。

「子供の頃食べたカレーが食いたいな。豚コマが入ってて、水で溶いたうどん粉でとろみつけたやつ」

「あ、うちもそうでした。子供の頃、母が作ってくれたカレー」

人参・玉ネギ・ジャガイモ・豚コマを水で煮て、塩胡椒で味を付けたらカレー粉を入れ、最後に水溶きの小麦粉でとろみを付けた、さっぱりしていると言えば聞こえが良いが、本当はコクがなくてちょっぴり水っぽかったカレー。それでもあのカレーを思い出す度に、切ないほどの懐かしさが胸にこみ上げる……。

「今考えりゃ大して美味いはずないいんだけど、御馳走《ごちそう》だったよなあ、おふくろの作ってくれたカレー」

山手も懐かしそうな顔になって言った。

「今夜はカレーだよって言われると、ワクワクしましたよねえ」

二三が子供の頃、カレーは家で作るか店で食べる料理で、ちょっぴり贅沢《ぜいたく》感に包まれていた。現代のように到る処《ところ》にスーパーやコンビニがあり、何種類ものレトルトのカレーを売っていて、毎日でも毎食でも食べられると、ありがたみが薄れてしまうが。

「俺は袋入りのやつが一番好きだな。すぐ食えるし」

後藤は夢のないことを言って二本目の徳利《とつくり》を空にした。

「ハウスバーモントカレーとか、使わなかったの?」

カウンターでおでんをつまみながらぬる燗を飲んでいた酒屋の若主人、辰浪康平が聞いた。

「うちは使ってなかったな。『インド人もびっくり』っていうＣＭは覚えてるけど」

「どんだけ昔なんだよ」

康平は苦笑し、一子に酒の追加を頼んだ。

「それって、もしかしたら、蕎麦屋《そばや》のカレーが近いのかなあ？」

「あれは蕎麦つゆがベースだから、ちょっと違うかも」

藤代がまたしても思い出す顔になった。

「似てるって言えば、学食のカレーかなあ。不味《まず》くて、ウスターソースかけて食ってたんだけど」

「そう言えば昔〝米騒動〟のとき、タイカレーやったわ」

カウンター越しに徳利を差しだして、一子も口を挟んだ。

「え？　おばちゃんとこ、そんな洒落《しゃれ》たもんやってたの？」

「だって、強制的にタイ米買わされるんだもの。倅《せがれ》が『チャーハンやカレーならタイ米に合う』って言うからさ」

「私も食べた。あれは結構美味しかったわよ。筍《たけのこ》と鶏肉が入ってて」

二三は日本中が大騒ぎしていた当時を思い出した。休みの日にはじめ食堂へ行って、高の作ったココナッツミルク入りのタイカレーを食べたのだった。

どういうわけか、カレーには各人様々な思い出がまとわりついているようで、それからもひとしきり好き勝手な感想を言い合って、早春の夜は更けた。

火曜日の昼、一時を少し回った時刻に、いつものようにかよ子がやってきた。暗い顔をしているのは毎度のことだが、この日は眉間にシワまで寄せて、表情が険しかった。

「今日は牡蠣フライがお勧めですよ。珍しいメニューなんで」

お茶を出しながら二三が言うと、どことなく上の空で頷いた。

「……じゃ、それ」

隅の席では三原が揚げたての牡蠣フライにかぶりついているところだった。

はじめ食堂では小さな牡蠣は二、三個を一つにまとめて衣を付ける。だからどの粒も大きくて食べ応えがある。そして一子の揚げ加減は絶妙で、衣はカリッとしているが、中身は火を通しすぎない。そんな牡蠣フライを一口嚙めば、磯の香りのジュースがじゅわっと口いっぱいに広がってゆく……。

三原は健康に気を付けてサラダにはノンオイルドレッシングをかけているが、魚介のフライに添えた手作りタルタルソースは、いつも舐めるように完食する。

タルタルソースもはじめ食堂の自慢の一つだ。ゆで卵と玉ネギのみじん切り、そしてパセリと乾燥バジルをマヨネーズで和《あ》え、塩胡椒を加える。ピクルスはほんの少しだけ。だからとてもまろやかで、酸っぱすぎない、香り高いタルタルソースが出来上がる。

一子が牡蠣フライを揚げている横で、二三が定食の皿を揃えていると、入口の戸が開いて梓が入ってきた。

「いらっしゃい」

梓は三原の隣りのテーブルに座り、パーカーのポケットから文庫本を引っ張り出しながら聞いた。

「焼き魚、何？」

「鮭の西京味噌漬け」

「……ねえ、焼き魚定食と、タルタルソース別でもらえる？」

「はい、はい」

「あれ、ご飯に載せて、ちょっぴり醤油《しょうゆ》垂らすと最高だよね」

「そうなのよ。コレステロールが怖くなるわ」

牡蠣フライ五個を皿に盛り、二三はかよ子の前に定食の膳を置いた。かよ子は牡蠣を一つ食べてから、ご飯にタルタルソースを載せ、醤油を垂らして口に運んだ。一瞬、眉間のシワが消えた。

「ねえ、おばさん」

二三が食後のお茶を湯呑みに注ぐと、かよ子が声をかけた。いつもなら食後は柔らかくゆるんでいる表情が、今日はまたしても固く引き締まっている。

「このお店って、夜は若い女の子が手伝いに来るの？」

「夜ですか？　いいえ、私と姑《はは》の二人だけですよ」

「……そう。忙しいでしょうね」

「小さな店ですからね、何とか。それに、うちあたりで人を雇ったら赤字になっちゃうし」

かよ子は黙って頷いた。どことなくもの問いたげな様子ではあったが、そのまま勘定を払って帰って行った。

「あの人、夜ここでバイトしたいのかしら？」

タルタルソースをご飯に載せて平らげた梓が言った。

「違うでしょ、いくら何でも」

二三はテーブルの上を拭きながら答えた。懐石料理を習いに通うような女が、定食屋でバイトするとは考えられなかった。


事件はその日の夜に起こった。

テーブル席がほぼ客で埋まった八時過ぎ、藤代が店に入ってきた。カウンターに座り、ちらりと品書きを見るや、素早くオーダーした。

「牡蠣フライ定食。タルタルソース多目でお願いします」

藤代も牡蠣フライと手作りタルタルソースの大ファンだった。

そこへ、二階から要が降りてきた。今日は珍しく七時に帰宅して、二階で夕飯を食べていたのだ。どういうつもりか店に出て、真っ直ぐカウンターの藤代に近づいた。

「藤代さん、本日はありがとうございました」

藤代は驚いて要の顔を見返した。

「……ああ、これは」

藤代も立ち上がって軽く頭を下げた。

「珍しいところでお会いしますね」

「ここ、私の実家なんです」

「えっ？」

要もカウンターの隣りに座り、二人は軽く雑談を始めた。

その時、ガラリと店の戸が開いた。

「あら、いらっしゃいませ」

入ってきたのはかよ子だった。緊張か興奮か、顔が引《ひ》き攣《つ》って形相が変わっていた。

「……こういうことだったのね」

普段より半オクターブ低い声が、震えていた。

何気なく振り返った藤代が、傍目《はため》でも分かるほど驚愕《きょうがく》し、狼狽《ろうばい》した。かよ子は藤代の前に立ちはだかり、震える声で先を続けた。

「嘘《うそ》つき。会議だの接待だのって……。本当は、ここでこの女と会ってたのね」

藤代もびっくりしたろうが、二三も一子も要も寝耳に水で、一瞬言葉を失った。店の客も突然の修羅場に唖然《あぜん》としている。

「違う、誤解だ。絶対にそんなことはない」

「何が違うのよ。去年からずっと、三日に上げず通ってるくせに」

「だから、それは、違うんだ」

かよ子の目から涙が溢《あふ》れ出した。

「嘘つき！」

泣きながら叫んで、そのまま店を飛び出した。

「マナ！」

藤代も席を立ち、あわてて後を追った。

二三と一子は顔を見合わせ、要はまだ茫然《ぼうぜん》と座り込んでいる。

「いったい、どういうこと？」

「こっちが聞きたいわよ」

要の話では、勤務先の出版社が前々から藤代に経済本の執筆を依頼しており、本日ＯＫの返事をもらった。要がその本の編集担当者に決まり、午後に藤代の会社を訪ねて挨拶してきたところなのだった。

「本当に、いったいどうなってるの？」

要は途方に暮れたような顔でつぶやいた。

当の藤代が再びはじめ食堂に戻ってきたのは、閉店間際の九時五分前だった。

「ご迷惑をおかけして、まことに申し訳ありません。お恥ずかしいことです。面目次第もありません」

二三は藤代をテーブル席に座らせ、食べ損なった定食を出した。

「まあ、取りあえず、どうぞ召し上がって下さい」

「はあ、ありがとうございます」

藤代は冷めた牡蠣フライ定食を美味そうに平らげた。二三はお茶を出し、向かいの席に座った。

「あの方が、奥さまですね？」

「去年の秋、結婚したばかりです。私も家内も再婚でして」

藤代の前妻は十五年前に乳癌で亡くなった。文字通り糟糠《そうこう》の妻だった。まだＩＴ企業家として大成功する前で、苦労ばかりさせてしまったという贖罪《しょくざい》の気持ちが強く、ずっと再婚は考えなかったが、雑誌モデルをしていた日立真那《ひたちまな》と出会い、一目惚《ひとめぼ》れして結婚した。結婚を機に佃の高級マンションに引っ越し、新婚生活をスタートさせた。ところが……。

「私は妻の作る料理が……ダメなんです。いえ、不味いわけじゃありません。上品な京風懐石とか、フランス料理のフルコースとか、素晴らしいものを作ってくれています。ただ、私は家では焼き魚とか、芋の煮っ転がしとか、豚の生姜焼きとか、普通の総菜が食べたいんです。子供の頃、家で食べていたようなご飯が……」

　そんなわけで、藤代は次第に嘘を吐《つ》いて帰宅を遅らせ、外で夕飯を食べるようになった。はじめ食堂に入ったのはほんの偶然だが、すっかり気に入ってしまった。

「うちの両親は福島県の郡山駅前で食堂をやっていました。ここみたいな小さな、近所の人のための定食屋です。私はここでご飯を食べていると、子供の頃に返ったような気がして、つい……」

「その通り、正直に奥さんに仰れば良かったのに」

　藤代は悲しげに首を振った。

「私にも見栄があります。結婚前、私は真那を毎回都内の超一流の料亭やレストランに招待しました。一夜漬けで覚えた料理やワインの蘊蓄《うんちく》も並べ立てました。……必死だったんです。私は五十に手が届こうという冴えないおっさんで、おまけに田舎者です。でも、幸いにも金はある。だから、それにプラスアルファで彼女の歓心を買って、結婚にこぎ着けました。今更、本当は鯖の味噌煮が好きだなんて、口が裂けても言えません」

　二三は同情を込めて藤代を眺めた。

「真那の前の結婚相手は、財閥系企業の御曹司でした。ハンサムで趣味が良いので有名な人です。そんな人と私を比べて、さぞがっかりしているだろうと思うと……」

「藤代さん、何をバカなこと言ってるんです」

二三はキッと藤代を見た。

「私はこの三月ほど、奥さんの様子を見ていました。いつも何かに悩んでいらっしゃるようで、とても気になっていたんです。今お話を伺って、やっと分かりましたよ。ご主人が一週間に三日も外で夕飯を食べて帰ってくるのが、不安でたまらなかったんです」

藤代の目に後悔の色が浮かんだ。

「それほどまでに、奥さんはあなたのことを思っているんです。その気持ちを信じてあげないで、どうします？」

二三は力づけるように、大きく頷いて見せた。

「明日、奥さんにこちらにいらっしゃるように言っていただけませんか？　出しゃばるようですが、お二人のお力になれるんじゃないかと思います」

藤代は明らかにホッとした顔をした。


「昨夜は、本当に済みませんでした」

藤代真那は二三と一子の前で素直に頭を下げ、手土産の菓子折を差しだした。翌日の午後二時、昼の営業を終えた時刻だった。

「私、主人が浮気してるんじゃないかって疑ってたんです。それで興信所に頼んで調べてもらったら、この食堂に通っているのが分かって、浮気相手が働いているんじゃないかと思って……」

二三は前夜の藤代とのやりとりを打ち明けた。真那は心底驚いた様子で、一瞬ポカンと口を開けた。

「……バカみたい」

「本当にそうですね。でも、ご主人はそれだけ奥さんに夢中なんですよ。前のご主人がすてきな方だったから、コンプレックスを感じているのね」

「冗談じゃありません！」

真那は吐き捨てるように言った。

「前の結婚生活は地獄でした。私、自殺に追い込まれたんです。幸い、命は取り留めましたけど」

今度は二三と一子が驚いて息を呑んだ。

「前の主人は……ことあるごとに私を侮辱して、非難攻撃しました。育ちが悪い、知性がない、教養がない、品がない。テーブルマナー、態度物腰、口の利き方、歩き方、それこそ箸の上げ下ろしまで、毎日あげつらって小言を言い、ときには怒鳴り散らしました。私は不眠症と円形脱毛症になり、三ヶ月で十キロ痩せて、最後は睡眠薬を大量に飲みました。命は助かりましたが、入院中に、精神を患っている女は当家の嫁に相応《ふさわ》しくないと離婚されました。犬の子でも捨てるように、放り出されたんです」

当時のことを思い出したのか、真那の顔は血の気が失《う》せて蒼白《そうはく》になり、頰が小さく震えた。

「奥さん、ひどい目に遭いましたねえ」

涙もろい一子は、早くも目を潤ませながら言った。

「世の中にはそういう、異常性格の人間がいるんですよ」

「そうですよ。きっと犠牲者は他にもいるはずだわ。お辛かったでしょうが、ともかく無事に別れられて良かったですね」

「今は、私もそう思います。それから、何とか健康を回復してモデルに復帰しました。その翌年、藤代に出会ったんです」

藤代の名を口にすると、真那の頬にうっすらと血の気が差した。

「誠ちゃんは……今の主人は、本当に優しい、気持ちのあったかい人でした。一緒にいると、これまでの嫌なことや辛いことを全部忘れられるような気がするんです。あの時命が助かったのは、この人と出会うためだったんだって、心からそう思いました」

真那は藤代と末永く幸せに暮らしたいと望み、そのためには努力を惜しまなかった。料理教室に通って高級な料理を習い覚えたのも、グルメの夫を喜ばせたいと思えばこそだ。

「前の主人のことがあったので、嫌われないようにしようって、必死だったんです」

一子は感心したようにため息を吐いた。

「良いお話ですねえ。奥さんもご主人も、心から相手のことを思いやって……」

「お姑さんもそう思う?」

「もちろん。本当にお似合いのご夫婦だわ」

真那は照れくさそうに微笑んだ。

「お二人とも、その気遣いがちょっと空回りしちゃったみたいだけど、誤解が解ければどうってことないわね」

「そうそう」

二三はカウンターの後ろから紙の手提げ袋を取ってきた。

「これ、お二人にお土産ね」

「まあ……すみません」

二三と一子は顔を見合わせてにんまりと笑った。

「今夜、お二人で召し上がって下さい。昔ながらの、あんまり美味しくないカレーです」

豚コマと玉ネギ・人参・ジャガイモを煮て、水溶き小麦粉でとろみを付けた、切なく懐かしい昔の日本のカレーだった。

真那は瞳を潤ませ、深々と頭を下げた。

「……本当にありがとうございました。お二人のお心遣いは、一生忘れません」

二三は大袈裟《おおげさ》に手を振った。

「そんなこと、きれいさっぱり忘れちゃって。それで、たまにはご主人と一緒にお店に来て下さいね」

第二話　おかあさんの白和え

月曜日の朝、七時ちょうどに二三のスマートフォンが鳴った。見ると魚政の主人山手政夫からだ。

『ああ、ふみちゃん、真鰯《まいわし》の良いの、一尾五十円でどう?』

渋くつぶれた声と威勢の良い口調は魚屋の鑑《かがみ》のようだ。

「ほんと? 買う、買う! 五十……六十お願いね!」

『鯵《あじ》、どうする?』

「う〜ん……。悪いけど、今回はパス!」

『了解』

二三はスマートフォンを切ると、洗面所から出て来た一子に報告した。

「魚政さん。今日、鰯の良いのがあったって。日替わり、アジフライやめて鰯のカレー揚げやろうよ。久しぶりだし」

「そうだね」

ここは佃大通りにあるはじめ食堂の二階の住居。二人は今、起きて顔を洗ったところである。これからコーヒーを飲みながらテレビを眺めたり、朝刊に目を通したりして、通常九時半から昼の仕込みに入る。

「今日は鰯だから、九時始まりになっちゃう。悪いね」

「良いって。あれはうちの名物メニューなんだし」

名物・鰯のカレー揚げ。真鰯の頭を落として腹を割き、はらわたと骨を抜く。それにカレー粉と小麦粉をまぶして油で揚げ、千切りにした生姜《しょうが》を散らして二杯酢を掛ける。一人前は二尾。カレー粉・生姜・二杯酢という取り合わせは、頭で想像してもピンと来ないが、実際に食べてみればその絶妙な効果に驚くだろう。香りと味わいが足し算ではなく、かけ算で広がって行く。

二三は鰯料理の中で一番美味《おい》しい調理法だと思っている。亡くなった母の得意料理だった。自分が厨房《ちゅうぼう》に立つようになったときにメニューに加えた。幸い昼の定食も評判が良く、夜に酒のつまみとして出しても人気がある。

欠点は、入荷にムラがあることだ。安くて良い真鰯が毎日魚屋やスーパーの売り場に出るわけではないから、入荷したときしか作れない。今日は築地場内に仕入れに行った魚政の主人が連絡してくれたので、急遽《きゅうきょ》日替わり定食をアジフライから変更した。

はじめ食堂は定食屋だから、昼も夜も基本的に高級な料理は出さない。定食に使う冷凍の魚や干物類は、二三が週二回、築地場外の店で買ってくる。夜は居酒屋を兼ねているので、刺身をメニューに載せてはいるが、それは毎日魚政で買う。海鮮が売りの店ではないので、それで充分なのだ。

ただ、日替わり定食で出しているアジフライには生の鯵を使うので、築地場内に仕入れに通う魚政の主人に頼んで、週一回の割りで五十尾買ってもらう。魚政は店の売値よりは多少安く卸してくれるので、大いに助かっていた。

時計が九時を回った。二三と一子は白衣・前掛け・三角巾の身支度を調え、厨房に降りた。

二三は何気なく後ろを振り向いた。一子は片手で手すりにつかまりながら、慎重に足を運び、階段を下りている。二三がこの家に来た頃は、軽快に、トントンと足音を響かせて階段を下りていたものだ。あれからもう三十年……。

お互い年を取るわけだ、と二三は自分に言い聞かせた。だから感傷に浸っている暇はない。こんなときは無理にでも明るい声を出す。

「お姑《かあ》さん、今日の小鉢、マカロニサラダやめて冷や奴にしよう」

「そうだね。鰯が手が掛かるし」

二つの小鉢のうち、一つは里芋と烏賊《いか》の煮物だった。里芋だけは冷凍を使っている。剝《む》く手間が要らないので大幅に時間が短縮できるし、一年中値段が一定なのもありがたい。

二三が米を研いでいる間に、一子は煮魚を鍋に掛けた。今日の煮魚はカラス鰈《かれい》、焼き魚はホッケの開き。二三はサラダ用のキュウリと人参《にんじん》、玉ネギを刻み、レタスをちぎって水に浸した。薬味の生姜とアサツキも刻んでおく。終わったら大根と生姜をおろしにかかる。

傍らで一子は味噌汁《みそしる》を作っていた。小鉢が豆腐なので、具材は若布《わかめ》と油揚げだ。二三はホッケを焼き始めた。焼き上がったらバットに入れて温蔵庫へ保存する。夜は注文を受けてから焼くが、ランチタイムはそれでは間に合わない。

タイマーが鳴った。研いでから三十分経過で、米の浸水時間が完了した。ガスに点火し、もう一度三十分でタイマーを仕掛ける。今度タイマーが鳴ったら、ご飯をジャーに移すタイミングだ。そのときまでに調理はすべて終えていないといけない。

「じゃ、やろうか」

「取りあえず三十にしとこう。残りは夜と、明日の小鉢で」

二三と一子は連携で、鰯の調理に取りかかった。一子が包丁で鰯の頭を落とし、腹を割く。二三は手で内臓を取り、骨を外す。鰯の骨は細いので、手で充分に取り外せる。その点、鯵とは大違いだ。熟練した二人の手に掛かり、三十尾の鰯は瞬く間に開きになった。それにカレー粉と小麦粉をまぶし、バットに並べてラップしておく。これで注文が来たら揚げるだけだ。

「……あ、二杯酢作らなくちゃ」

「ゆずぽん使わない？」

「そうだね。あれの方が香りが良いし。合うわ、きっと」

二三と一子は極力手作りにこだわっているが、省ける手間は出来るだけ省くことにしている。

二人とも大人の階段を結構上まで上ってしまったので、身体《からだ》をいたわってやらないと、これから先が怖い。


午後一時、ランチタイムのピークを過ぎた頃、常連客の野田梓が店に入ってきた。

「野田ちゃん、今日、鰯のカレー揚げあるよ」

挨拶もそこそこ、二三が告げると梓は嬉《うれ》しそうな声を出した。

「ほんと？　久しぶり。じゃ、日替わりで」

梓は魚好きで、中でも青魚が好きだった。この鰯のカレー揚げは「生まれてから食べた鰯料理の中で、一番美味《うま》い！」と絶賛してくれた。昼はスッピンに黒縁眼鏡、文庫本持参で、中年女教師のような雰囲気だが、夜は銀座の老舗クラブでチーママを務めている。

「……じゃあ、僕も日替わりをもらおうかな。ホッケにしようと思ったんだけど」

一足早く店に来て、あれこれ迷っていた三原茂之も注文を決めた。

「三原さん、ハーフ&ハーフでも良いですよ」

「う～ん。迷うなあ……」

三原と二三のやりとりを聞いていた赤目万里が尋ねた。

「おばちゃん、トンカツと海老《えび》フライのハーフ&ハーフって、ダメ？」

「だめ」

はじめ食堂の昼定食はご飯・味噌汁・メイン料理・小鉢二種・サラダ・漬物がセットで七百円（ご飯と味噌汁はおかわり自由）だが、海老フライ定食だけは千円するのだ。その代わり、特大の海老三本に手作りタルタルソース（絶品！）が付く。

「チェッ。そんじゃ、豚の生姜焼き」

「はいよ」

メニューには載せていないが、時間と材料に余裕があれば何でも作ってあげるのがはじめ食堂のモットーだ。ちなみに、万里は魚嫌いで尾頭付きはシラスも食べられないが、烏賊・タコ・海老・蟹《かに》・ホタテは大好物という。

「僕はやっぱり日替わりでお願いします。鰯はＤＨＡだから」

三原はサラダには必ずノンオイルドレッシングをかけるくらいで、健康に気を遣っているのだろう。

ともあれこの日、変更した日替わり定食は十三食を売り上げた。

「良かったね、ほぼ完売。頑張った甲斐《かい》、あったわ」

午後二時二十分、昼の営業を終えて店を閉め、二三と一子は遅い昼ご飯を食べていた。もちろん、メニューは鰯カレー揚げ定食。これが二人のメインの食事で、夕食は九時に閉店してから、ほんの少しつまむ程度だ。

「残りの三十尾、どうする?」

「十尾ずつ、カレー揚げと塩焼きとつみれ汁にしよう。それで今日中に完売すると思う」

塩焼きは注文を受けてから塩を振って焼くだけだが、脂の乗った鰯の塩焼きは美味で、世界中で好まれている。オリーブ油を垂らしてレモンを搾ると、それだけで立派なポルトガル料理の完成だ。

「あとやっとくから、お姑さん、二階上がって」

「じゃ、お願いね」

一子は立ち上がって二階へ上がった。さすがに足取りが重い。この二、三年……八十の大台に乗ってから、以前より確実に体力が落ちているのを、端で見ていて感じることがある。

やっぱり一人手伝いを入れないとダメかも知れない……。

漠然と考えながら、二三は流しに溜《た》めた食器を洗い始めた。

「あのう、失礼します」

ガラス戸を開けて、スーツ姿の若い男が入ってきた。書類鞄《かばん》を提げている。

「はい?」

二三が手を拭いて厨房から出て行くと、男は深々と頭を下げて、ポケットから名刺入れを取り出した。

「お忙しいところ、申し訳ありません。私、こういうものです」

差し出された名刺には「株式会社　アグリネットサービス　営業　小鳥遊恭一」とあった。

「ことり……？」

「タカナシと読みます」

小鳥遊《たかなし》は白い歯を見せてにっこり微笑《ほほえ》んだ。

「小鳥が遊べるのは鷹《たか》がいないからだって、そういう理屈らしいんですよ。そんなこと言ったら、ヘビナシとかネコナシって読んでも良いと思いますけどね」

これまで数え切れないほど珍名をネタにセールストークを展開してきたのだろう、流れるような滑らかさだ。推定年齢三十歳、長身、イヤミのない顔、イヤミでない程度の茶髪。

小鳥遊の仕事は米のセールスだ。インターネットを利用して、日本全国から時節に応じた格安の米を仕入れてお届けするという。

「うちは結構ですよ。五十年付き合いのあるお米屋さんがありますからね」

以前、タイ米の緊急輸入で騒然としていたときも、かなり優先的に日本米を回してもらったし、タイ米と日本米を分けて売ってくれたので、タイカレーやチャーハンをメニューに入れて乗り切れた。多少値段が安いからといって、他の米屋に変えるわけにはいかない。

「これまでのお店を切る必要はありません。取りあえず、全体の半分だけでも試してもらえませんか？」

「悪いけど、お店は信用が第一なのよ。お宅はまだ設立間もない会社で、実績がないでしょう。

もしかして、何かあったときに仕入れが滞るかも知れないし。食堂が『ご飯ありません』ってわけにいかないじゃない」

「それは絶対に大丈夫です。全国の産地とネットで結んで生産高を把握してますし……」

「不測の事態って、あるでしょう……水害、冷害、水不足。そういうとき、実績のない会社って弱いのよね」

長年取引している田中《たなか》米店は、戦前から続いている米屋だ。安売りはしないが安定供給を守ってくれる。

「でも、うちなら現金を動かさなくても、ネットバンキングで精算していただけますよ」

二三は思わず苦笑を漏らした。カウンター七席、テーブル五卓のちっぽけな定食屋で、ネットバンキングが聞いて呆《あき》れる。

「申し訳ないけど、そろそろ夜の仕込みに入るんで……」

二三はていよくセールスマンを追い払った。

「ふみちゃん、何だって？」

二階に上がると、炬燵《こたつ》で寝そべったまま一子が尋ねた。

「セールスよ。米買えって」

二三も前掛けと白衣を脱いで炬燵に潜り、ごろりと横になった。

「この頃、ふえたねえ。先週は野菜だっけ？」

「やっぱ、不況なのよ。でなきゃ、うちみたいなちっちゃいとこに一々セールスなんて来ないでしょう」

ただ、セールスがすべて迷惑というわけではない。中には大当たりもあって、ゴキブリ駆除器のレンタルがそれだった。毎日、設定した時間に弱い殺虫剤を噴霧する器械で、継続することによって成虫・幼虫・卵、すべてを薬殺することが可能となり、結果的に店からゴキブリを完全に駆除できた。器械本体は無料、四週間に一回、係の者が薬剤を交換に来る。

「前は、夏になると毎週土曜日にバルサン焚《た》いてたもんね」

「そうそう。あれはあとの洗い物が大変で……」

月々七千円弱は安くないが、寝ている間にゴキブリを駆除してもらえる便利さには代え難い。しかも、弱い薬剤なので、朝っぱらから食器や什器《じゅうき》をしゃかりきに洗わなくても済む。

二人はしゃべっているうちに欠伸《あくび》を漏らし、どちらからともなく眠りに落ちた。この十年、夕方の仕込みが始まるまで、一時間ほど仮眠を取るのが習慣になっている。

二三の母親は小学校六年のとき、膵臓癌《すいぞうがん》で亡くなった。まだ三十六歳だった。若かったせいで進行が速く、発見から死まで半年足らずの時間しか残されていなかった。

二三は母との辛《つら》い別れを通して、不幸というのは何の理由もなく、ある日突然、天から降ってくるものなのだと思い知らされた。そして、人の世は理不尽で不公平なのだと痛感した。

中学二年になったとき、父親は再婚した。亡くなった母は細面でスタイルの良い美人だったが、継母は丸顔で小太りの、さして美しいとは思えない二十九歳の女性だった。それでも中学生の娘を持つ平凡な男やもめのところへ、初婚の女性が嫁いできてくれたのはありがたいことなのだと、子供心にうすうす感じてはいた。

継母は結婚の翌年には男の子を、その翌年には女の子を産んだ。継母は決して意地悪ではなかったし、自分の産んだ子供となさぬ仲の娘を差別しないように、あれこれ気を遣ってくれた。二三は今でも継母に感謝している。何と言っても大学まで出してくれたのだから、両親に不満を言ったらバチが当たるだろう。

それでも、両親の愛情と関心が、新しく生まれた幼い兄妹に集中したのは致し方ない。中学を卒業する頃には、二三は自分に帰る家はないと感じるようになった。大学を卒業し、大東《だいとう》デパートに就職すると、すぐにアパートを探して家を出た。通勤に便利だからというのは表向きの理由で、本当は、もはや実家に自分の居場所はないと自覚したからだ。

最初に住んだ三軒茶屋から、通勤に便利で家賃の安い個の風呂無しアパートに移ったのが三十年前のこと。

はじめ食堂に通い始めたのも、ほんの偶然からだ。夜、会社から帰ると着替えて化粧を落とし、日の出湯へ通うのが日課で、ちょうどその途中に食堂があった。

「風呂から帰ってご飯作るの面倒だから、ここで食べちゃおう」と、ある日入ってみた。すると……。

不思議なことに、初めて入った店なのに、何故《なぜ》か懐かしい気持ちがした。まだ佃の高層マンション群が建設される前で、お客は近所のおじさんたちばかりだったが、テーブルにかけられた赤白チェックのビニールクロスのせいだろうか、若い女が一人で入っても、それほど場違いな雰囲気ではなかった。

「いらっしゃい！　お嬢さん、カウンターで良い？」

元気よく声をかけたのは、当時五十二歳だった一子だ。夜は居酒屋メニューも出していたが、わざわざ昼定食を書いた黒板を持ってきて、好きなものを選ぶように勧めてくれた。

「サラダもお代わり自由だから。女の子にはサービスしちゃうわ」

二三が煮魚定食を選ぶと、一子は嬉しそうに言い添えた。そのとき小鉢で出された白和《しらあ》えが、亡くなった母が作ってくれた味とそっくりで、二三は思わず泣きそうになった。

茹《ゆ》でたホウレン草と人参を豆腐の餡《あん》で和えたものだったが、味が非常に濃厚だった。餡に豆腐だけではなく、よく擂《す》った煎りゴマを混ぜているようだ。見た目も白ではなくベージュ色になっている。そして、甘みが強いのにホウレン草と人参の味が生きているのは、和える前に出し汁に浸してあるからだろう。亡くなった母もいつもそうしていた。唯一違っているのは、油揚げが入っているいることくらいだ。

「白和え、好き？」

「ええ。亡くなった母がよく作ってくれて……。ここの白和えもすりゴマ入ってるんですね」

「分かる？　それと、うちは豆腐じゃなくて厚揚げで作るの。その方がこくが出るから」

「ああ、この油揚げが厚揚げの外側……。本当に、すごく美味しい」

一子はまた嬉しそうに微笑んだ。

「良かったらお代わりしてね。サービスよ」

二三は、一子の中に亡くなった母の面影を見た。一子も亡き母と同じ細面の美人で、ちゃきちゃきした威勢の良さが良く似ていた。

それから日の出湯へ行く途中、はじめ食堂で夕ご飯を食べるようになった。休みの日はランチと夕ご飯と二回行った。はじめ食堂は日曜日と祝日が定休だが、デパート勤務の二三は土・日・祝日は休めなかったので、ほとんど毎日のように通っていた。三月も経《た》つと、店では「ふみちゃん」と呼ばれるようになった。

通い慣れて親しさが増すにつれ、二三はますます一子と亡くなった母の似ていることに感じ入った。明るく親切で正直で涙もろく、気働きがあって曲がったことが大嫌い……二三の記憶にある母は、一子にそっくりだった。

一子もまた、二三が抱える孤独に気付いていたようだ。余計なことは言わないが、健康を損ねないように気を遣ってくれた。冬の間は朝ご飯にと、雑炊やスープや煮物をお土産に持たせてくれたりしたものだ。

一子の傍らで黙々と刺身を切ったりフライパンで炒《いた》め物をする高とは、なかなか言葉を交わすきっかけが摑《つか》めなかったが、人づてに出身大学が同じだと知って、たまには雑談もするようになった。

高は口数の多い方ではなかったが、所謂《いわゆる》聞き上手で、上手に相槌《あいづち》を打って相手の話を引き出すのが上手《うま》かった。二三は高としゃべっていると、名人級のキャッチャーに向かってボールを投げているような気がしたものだ。どんな球を投げても確実に受けて、ふわりと投げ返してくれる……。

その翌年、二三はニューヨークへ衣料品の買い付けに行くことになった。上司のお供でただの荷物持ちに過ぎなかったが、初めての海外出張に興奮していた。早速、はじめ食堂に行って一子に報告した。

「ねえ、私、来週、出張でニューヨークに行くことになったの。お土産、何がいい？」

「へえ、そりゃすごいねえ」

期待通り、一子は大いに感心してくれた。

「でも、ニューヨークって危ないんでしょ？　気をつけて、変なとこ行っちゃダメよ。若い女の子なんだからね」

一子の取り越し苦労は、二三の母が生きていたら、してくれたであろうことだった。

「母さん、大丈夫だよ。ふみちゃんは仕事で行くんだから。向こうでバーニーズとか見てくるの？」

「うん。……あ、そうか。タカちゃん、商社マンだったんだよね。ニューヨークに駐在したことある？」

「五年も前だからね。今は色々変わってると思うよ」

それから高とひとしきり、ニューヨークのあの店の○○は美味い、どの店の××は趣味が良い……という話で盛り上がった。

ニューヨーク出張以降、二三は遣り手のバイヤーとして業界で知られていた上司から、やる気とセンスと体力を評価され、専属アシスタントに取り立ててもらった。それから四年間、常に上司の海外出張に同行し、仕事のノウハウを身に着け、人脈と販路を開拓し、一人前のバイヤーに成長した。

海外出張に出掛ける前、二三は必ずはじめ食堂へ行って日本で食べる最後の夕ご飯を食べ、帰ってくるとはじめ食堂で帰国後初のご飯を食べた。フランスやイタリアでたらふく美味しい物を食べて帰ってきても、一子と高の作る何の変哲もないご飯を食べると、何故かホッとした。我が家へ帰ってきたような気がした。

そして、二三が海外出張から帰ってくると、一子と高は「お帰り！」と言って迎えてくれた。帰国初日に、夏は冷や汁、冬は納豆汁を出してくれるのも、四年のうちに定番になった。「外国じゃ食べられないだろうから」という単純な理由だった。事実その通りで、二三は今でも成田からアパートに戻って荷物を置き、はじめ食堂へ出掛けるときのうきうきした感情を覚えている。ご飯も楽しみだったが、海外での失敗談や手柄話を親身になって聞いてくれる人に話せるのは、とても幸せな経験だった。

打てば響くような一子の反応も、一拍遅れでふんわり返してくる高の反応も、どちらも大好きだった。

あれは何がきっかけだったのか忘れてしまったが、はじめ食堂デビュー五年目の春に、二三は高にそれまで聞かなかった……いや、聞けなかったことを尋ねた。

「そういえば、タカちゃん、どうして再婚しないの？」

高が五年前に妻を亡くしてからやもめを通していることは、はじめ食堂の常連はみな知っていた。

ほんのり苦笑を浮かべている高に代わって一子が答えた。

「うちみたいな条件の悪いとこは、嫁さんの来手がないのよ」

「えっ？　そうなの？」

「自営で、おまけに母一人子一人じゃない。この前、日本人は無理だから、中国人かフィリピン人を紹介するって言われたわ」

二三は本気で驚いた。世の中の人はなんとまあ、人を見る目がないのだろう。高はどんな球でも余裕を持って受けてくれる名キャッチャーで、どんな無茶な突っこみもふんわり包んで返せるボケの達人なのに。高尚な話も下らない話も、高となら会話が弾む。これは大した才能ではないか。おまけに一子の息子なのだ。

もちろん、最初から高を男として意識していたわけではない。はっきり言って、女にもてるタイプではなかった。ハンサムではないし、セクシーでもない。キラリと光る才能や切れ味鋭い感性に恵まれてもいない。初めて会ったときの印象は、クマの縫いぐるみみたい……一子の美の遺伝子はそっくりスルーしてしまったに違いない……だった。今だって恋をしているかと聞かれれば、ちょっと違う。

その頃の二三は、五年も続いた不毛な恋の呪縛から解放されたばかりだった。恋の魔法が解けると同時に視界が開け、それまで見えなかったものが見えるようになっていた。それは簡単に言えば「信ずるに足るか、否か」だった。

新しい目で見直した高は、一生を添い遂げるに相応《ふさわ》しい相手だと、心から信じられた。

「そんなら、私が行こうか?」

考えるより先に、言葉が口から出ていた。高はびっくりしてポカンと口を半開きにしたが、一子はカウンター越しに身を乗り出した。

「ほんと? ふみちゃん、ほんとに来てくれるの?」

「うん。行く」

時刻は午後一時三十分。ランチタイムの客がごっそり帰った後で、店にいたのはまだチーママになる前の野田梓だけだった。

「ふみちゃん、さすが。お目がお高い！」

梓はパチパチと拍手してくれた。

一子がカウンターから出て来て二三の前に立ち、両手を取って握りしめた。

「ありがとう、ふみちゃん。今だから言うけどね、あたしは、ほんとはふみちゃんを高の嫁さんにもらえないかって、ずっと思ってたのよ」

一子は涙ぐんでいた。それを見ると二三も鼻の奥がツンとして、ポロリと涙が溢《あふ》れ出した。

そのとき不意に、二三は長いこと自分が探し求めていたものはこれなのだと分かった。帰れる家と家族。自分が所属すべき場所。高を夫とし、一子を母として、自分の家族を作るのだ……。


「ぬる燗《かん》。それと鰯……」

夕方、口開けに入ってきた辰浪康平が、黒板の品書きを見て考え込んだ。近所の酒屋の若主人で、夜の常連である。

「塩焼きとカレー揚げか……」

「今ならハーフ&ハーフでも良いよ」

突き出しの小皿をカウンターに置いて、二三は言った。本日の突き出しは鶏皮《とりかわ》の煮こごりだ。

「ほんと？　じゃ、お願い。それと、つみれ汁。鰯祭りだな」

「良いじゃない、DHA。三原さんもお昼は鰯だったよ」

一子が燗の付いた徳利《とつくり》を差し出した。一杯目だけお酌してあげるのが昔からのサービスだ。

「あ〜、この煮こごり、美味い」

「でしょ？　自慢じゃないけど『鳥藤』の鶏皮だから」

「すでに自慢してるって」

鳥藤は場外にある鶏肉専門店で、品揃《しなぞろ》えの豊富さと質の良さで知られている。二三は肉類は同じ場外の「秋山畜産」で買うが、鶏肉だけは鳥藤で買う。

「ねえ、最後にこれでご飯食べたいんだけど？」

「OK。ご予約済み」

そこへ、新しく客が入ってきた。

「あら、政さん、いらっしゃい」

魚政の主人、山手政夫だった。一子より一回り若い七十歳で、互いに「政さん」「いっちゃん」と呼び合う仲だ。風呂上がりらしく、顔がてかてか光っていた。自宅に風呂はあるが、日の出湯に行くのが日課である。

「今日、政さんに買ってもらった鰯、食べてよ。カレー揚げと塩焼き、ハーフ&ハーフでサービスするから」

「悪いねえ。えーと、生ビール。それからスクランブルエッグ」

山手は魚屋だが、一番の好物は卵だった。はじめ食堂では必ずコンビーフ入りスクランブルエッグかニラ玉を注文する。

「いっちゃん、最近後藤、来てる？」

「ううん、全然」

「先週からずっと見えてませんよ」

後藤輝明は町内の同じ区画に住んでいる。親の代からの町民で、山手とは小学校・中学校と同級生だった。警察を定年退職してから警備会社に再就職したが、去年奥さんを亡くしたあと退職し、今は一人暮らしだった。娘が一人いるが、結婚して大阪で暮らしていた。はじめ食堂には月に二、三回ほど、夜の時間に来店する。

「後藤さんが何か？」

スクランブルエッグを作りながら二三が尋ねた。

「いや、今日回覧板持ってったら留守だったから」

「お出かけなんじゃないですか」

「来るときもう一度前通ったけど、まだ帰ってきてない。出不精なのに、何処《どこ》ほっつき歩いてるんだか」

山手が奥さんを亡くした後藤を慰めようと、様々な集まりに誘っていたことは、二三も聞いていた。

「おじさん、また踊るの？」

康平が冷やかすように聞いた。山手は俳句・詩吟・水彩画・社交ダンスと、多彩な趣味を持っている。中でも社交ダンスは熱心で、週二回練習に通うほか、教室主催のパーティーにも参加する。そして、その雄姿を写真やＤＶＤにしては知り合いに配っているので、山手を見るとフリルの付いたド派手なブラウスを着て、身をくねらせてラテンを踊る姿が思い浮かぶのだ。

「ああ、来月頭、西葛西《にしかさい》のホテルでパーティーだ。康平もダンスやらねえか？　男の生徒は少ないから、モテるぞ」

「いいよ。教室に来るの、おばさんばっかでしょ」

「おばさん、良いぞ。金持ってるしな」

「……もう。おばさんならここで間に合ってるって」

「はいよ、お待ちどお」

一子が二人の前に鰯のハーフ＆ハーフの皿を置いた。続いて二三が出来たてのスクランブルエッグを運んだ。

「お酒、お代わり。……あ、俺も卵下さい。ニラ玉で」

「こっちはハイボールね」

鼻の下にビールの泡を付けたまま、山手がスクランブルエッグに箸を伸ばした。二人の掛け合い漫才のようなやりとりが続くうち、いつもの顔ぶれがやって来て、いつも通りの忙しい時間が過ぎていった。

妙な雲行きになってきたのは翌週だった。

「後藤さん家《ち》、旅行でも行ってるの？　郵便受けに新聞溢れてるよ」

遅い夕食を食べながら、思い出したように要が言った。小さな出版社に勤めているので、帰りはほとんど食堂が閉店した九時過ぎになる。

「駅行く途中にあるからさ。目に入っちゃう」

後藤の家は裏通りの、はじめ食堂から月島駅に向かう道の途中にある。

「長く留守にするなら、その間止めればいいのに」

二三は先週店に来た魚政の山手が、後藤のことを気にしていたことを思い出した。翌日、昼の営業を終わって店を閉めてから、二三は裏通りの後藤の家に行ってみた。徒歩一分だ。

築三十年以上の木造モルタル二階建てで、主《あるじ》と同様、かなりくたびれている。郵便受けからは新聞が溢れ出し、勝手に送りつけられるダイレクトメールやカタログが玄関の前に積まれている。その様子はやはりただ事ではなかった。

「山手さん」

二三はその足で魚政に行った。

「今、後藤さんの家の前を通ったんだけど、新聞やダイレクトメールが溢れてるの。旅行なのかしら?」

山手は店先に出て来て、難しい顔をした。

「あいつ、出不精なんだよな」

「大阪の、娘さんのとこに行ったとか?」

「あいつ、娘の婿とそりが合わなくてさ。奥さんの葬式のときも、険悪だったろう?」

二三もそのときのぎすぎすした雰囲気を思い出した。

「でも、一応娘さんに電話してみますか?」

「そうだなあ……」

山手は眉間にシワを寄せた。

「放っときゃいいんだけど、前に梗塞で倒れてるだろう。だから心配なんだよ」

七年前、後藤は脳梗塞で救急搬送された。

「警察時代も一度、やってるんだ。だから、ひょっとして……ってこともあるもんな」

「そうだったんですか。それは、やっぱり、心配だわ」

二三は後藤の玄関前に積まれた郵便物を思い出し、嫌な予感がした。

「俺、今、電話してみるわ。そんで、もし娘のとこ心当たりがないようなら、鍵開けさせてもらって、中覗《のぞ》いてみるわ」

山手は一度家の中に引っ込んだ。

電気の消えた家の中で、誰にも看取《みと》られずに息絶えた後藤の姿が、打ち消そうとしてもしつこく目の前に現れて、二三は頭を振った。

ほどなく、山手は店先に戻ってきた。顔が緊張で強張《こわば》っている。

「娘もびっくりしてた。とにかく中覗いてください、鍵壊してもかまいませんって、頼まれたよ」

「そうですよね」

「俺、お巡りさん連れてくるわ」

「交番じゃダメじゃないですか？　月島署に相談しないと……」

「そうか。じゃ、ひとっ走り行ってくる」

山手は店の裏の駐車場に置いてある商売用の軽トラックに飛び乗った。

二三はひとまず家に引き上げた。

二階に上がると、炬燵でうたた寝していた一子がぱっちりと目を開けた。

「どうだった？」

「山手さんが娘さんに電話して、月島署に相談に行った」

「すぐに動いてくれると良いけど」

二三も炬燵に潜り込んでウトウトし始めた。と、一時間もしないうちにスマートフォンが鳴った。

「ああ、ふみちゃん。これから警察の人と後藤の家に行くから」

「そんなら、あたしも立ち会う」

二三は通話を切って一子を振り返った。

「警察が来てくれるって」

「ただ事じゃないって、警察も分かってくれたんだね」

「ちょっと行ってくるね。四時半までには戻るから」

「気をつけてね」

「私は大丈夫よ。お巡りさんと一緒だもん」

後藤の家の前で待っていると、山手の軽トラと警察の車がやってきて停《と》まった。警官は私服と制服、二人組だった。

「後藤さん、ご在宅ですか？　返事をしてください！」

私服の警官が玄関の前に立って声をかけたが、返事はない。制服の警官が道具を使って鍵を開けた。

「後藤さん、入りますよ」

再び私服が声をかけ、家の中に進んだ。山手と二三も、そのあとから恐る恐る中に入った。

八畳のリビングは新聞や雑誌、着るものが散らかっていたが、物色された形跡はなかった。そして、部屋の中に後藤はいなかった。

ダイニングキッチンに進むと、台所にはカップ麺や弁当の空容器が山になり、すえた匂いが立ちこめていた。

二三はつい冷蔵庫を開けてみた。中は牛乳とペットボトルの飲料、缶ビールの他はケチャップやマヨネーズなどの調味料だけで、食材らしきものはまったく入っていない。妻に先立たれた高齢者の貧しい食生活をかいま見て、胸を衝かれる思いがした。

次に警官たちは洗面所に入り、浴室の扉を開けた。無人だが、浴槽の蓋が閉まっていた。蓋を開けると、七分目まで水が張ってあった。二三は一瞬、浴槽の中に浮かぶ死体を想像して目をつむったが、もちろんそんなものは浮かんでいない。トイレも調べたが誰もいなかった。

「二階に上がってみましょう」

二階は四畳半と六畳の二間だった。どちらの部屋も、押入の中には布団と整理用のプラスチックの抽斗《ひきだし》しかなかった。洋服ダンスの中にも後藤の姿はなかった。

「自宅には居ないようですね」

家の中を一通り調べ終わると、警官たちは「何か変わったことがあったら連絡してください」と言い置いて、月島署に戻って行った。

「あ、もうこんな時間！　ごめんなさい、私、戻らなくちゃ！」

すでに四時四十五分だった。二三は挨拶もそこそこ、はじめ食堂に駆け戻った。

「後藤さん家《ち》、警察が来たんだって？」

その日、開店早々に店に入ってきた康平は、開口一番、早口で言った。警察が後藤家を捜索したという情報は、すでに近所中の知るところとなっていた。

「おばさんも家の中、入ったんでしょ。どうだった？」

「その前にご注文は？」

「ぬる燗。中華風冷や奴とマグロ納豆」

「毎度」

まずはお通しのこんにゃくピリ辛炒《い》りを出す。一子が燗を付ける間に、二三は中華風冷や奴を盛りつけた。ガラスの容器の中に絹ごし豆腐が半丁、その上にかけた特製タレは、ザーサイと長ネギと桜エビをみじん切りしてごま油で和えたもの。ご飯にかけても納豆に混ぜてもいける。

「……つまり、ついそこまで煙草《タバコ》を買いに家を出たような感じで、居なくなったわけだ」

捜索の一部始終を聞き終わると、康平は興味津々で腕組みをした。

「本当に、どうしたのかしらね」

「北朝鮮に拉致《らち》されたんじゃないの？」

二本目の燗を付けながら、一子が言った。

「それはないわよ。後藤さん、七十でしょ。拉致するんなら、もっと若い人狙うでしょう」

「そうでもないよ。後藤さん名義でパスポート取れるじゃん。日本人のパスポートもってりゃ、怪しまれずに世界中何処へでも行けるしさ」

そして康平は意味ありげに声を落とした。

「そのあと本人は……臓器売買」

「ひえ〜」

いつになく会話のテンションが高い。誰しも人の不幸が嬉しいわけではないが、身近に起こったサスペンスドラマのような出来事が、警察沙汰など縁のない平穏な日常に、ちょっぴり派手な色を添えてくれるような気がして、いつもより気分が弾むのだ。

「こんちは〜」

そこへ、赤目万里が現れた。

「いらっしゃい、万里君。新しい仕事、どう?」

「辞めちゃった」

「また?」

「だってきついんだもん。えーと、生ビール。それと海老フライ。タルタルソース多目にしてね」

「あんた、失業者がビール呑んで海老フライ喰《く》って良いと思ってんの?」

「うん。だって今日支払日で、俺、金持ちだもん。あ、締めにオムライス喰うから、よろしく」

囓《かじ》り甲斐のある臑《すね》を持つ両親の下に生まれた万里は、大学卒業後、作家を目指すと称して勤めた会社を一年で辞め、以来バイトも長続きしない。ニートのフリーターと言えば聞こえは良いが、定職のない失業者と言った方が正確だろう。

「万里、後藤さん家に警察入ったって知ってる?」

「聞いた」

「ここのおばちゃん、立ち会いで一緒に家の中見たんだって」

康平は聞きかじりの情報を、得意になって万里に話し始めた。

「要が出勤の途中、郵便受けに新聞が溜まってるのを見て、おかしいって言い出したのよ」

海老フライを油鍋に泳がせて、一子が口を出した。ジュッという音に続いて、高温の油を吸い込んだ海老の、香ばしい香りが立ち始める。

万里がジョッキを半分空にした頃、一子が海老フライの皿をカウンターに置いた。

「はい、万里君。ポテサラも大盛りにしてあるからね」

「ありがとう、おばちゃん」

「お姑さん、甘やかしちゃだめだよ」

「嫁も子供も褒めて育てるのがあたしのポリシーなの」

万里の皿を見た康平がポテトサラダを指さした。

「俺もポテサラね」

はじめ食堂のポテトサラダは、茹でたジャガイモと人参のマッシュ、キュウリと玉ネギの薄切り、それに茹で卵をマヨネーズで和えたボリューム満点の逸品だ。酢は使っていないので味が柔らかい。

美味しそうに海老フライを食べる万里を見ていると、どうしても後藤家の寒々とした台所の風景が思い出されて、二三はやるせない気持ちになった。


事態が急展開したのは翌日の昼だった。

一時を少し過ぎて、客が野田梓と三原茂之、赤目万里の三人だけになったとき、入口の戸が大きく開いて、山手が血相を変えて入ってきた。

「た、大変だ……！」

「どうしました⁉」

まさか後藤さんが……と言い出す寸前で、山手が先を続けた。

「後藤が帰ってきた！」

一同、びっくりして箸を持つ手を止めた。後藤行方不明のニュースは、今やこの界隈《かいわい》では大物芸能人のスキャンダル以上に注目されているのだ。

「何処にいたんです？」

「アメリカ」

「えっ？」

「あのバカ、アメリカを旅行してやがったんだ！」

それだけ言うと、山手は回れ右して出ていった。

それからはじめ食堂が、ああでもない、こうでもないと言い合って、非常にかまびすしくなったのは言うまでもない。


その日の夕方五時半、店を開けると同時に入ってきたのは噂の主、後藤だった。

「どうも、この度はお騒がせしまして」

後藤は風呂上がりらしく、てかてかした顔で頭を下げた。

「いいえ、とんでもない」

「帰ってきてびっくりですよ。みなさんにご心配おかけしたようで」

後藤はカウンターに腰掛けて、メニューをちらりと見た。

「アメリカにご旅行にいらしたそうで」

「そうなんです。人生初の海外旅行ですよ。……やっぱり日本酒だな。ううんっとどれにしよう？　緑川《みどりかわ》、冷やで。つまみは……中華風冷や奴とマグロ納豆。それとポテトサラダ下さい」

後藤はおしぼりで手を拭きながら言った。

「山手さんから、後藤さんは出不精だと伺ってたんで」

「そうですよ。警察時代、散々歩き回りましたからね。家でのんびりしたいんです。それに私、風景とか、名所旧跡、神社仏閣、全然興味ありませんからね」

「それがどうしてまた、いきなりアメリカに？」

「マー君の追っかけですよ。私はマー君の大ファンでしてね」

「は？」

「ヤンキースの田中将大《まさひろ》。怪我《けが》から復帰して大活躍してるでしょ」

後藤は銘酒緑川を口に含み、突き出しの自家製烏賊の塩辛に箸を伸ばして、うっとりと目を閉じた。

「もう、夢だったんですよ。二週間、ヤンキースの試合を追いかけてアメリカ各地を転戦しました。ホテルは良かったけど、風呂がどうもね。私、あの棺桶《かんおけ》みたいなの、ダメでしてね。だから早速日の出湯に行ってきました」

後藤はマグロ納豆を混ぜながら楽しそうにしゃべり続けた。

「うちのが生きていたら、絶対に無理でした。閉所恐怖症で飛行機は乗れないし、野球が大嫌いでしてね。おまけにケチで焼きもち焼きだから、私を一人でアメリカに行かせてくれるはずもないし。こう言っちゃ何ですが、先に逝ってくれてホッとしました。これで私も、自由にのんびりと老後が送れます」

「はあ」

二三はしかし、後藤の台所を思い出した。

「でも、お食事とか、ご不自由でしょう?」

「いいえ、別に」

後藤ははっきりと首を振った。

「私、正直、食べ物は腹がくちくなれば何だって良いんです。ただ、すぐ出てこないといやなんですよ。待たされるのが苦手で……。女房はグズで手際の悪いやつでしてね、私は食事の度にイライラさせられましたよ」

後藤は中華風冷や奴をつるりと平らげた。

二三は思わず苦笑した。なるほど、カップ麺や出来合いの弁当ならチンするだけで、待たなくても食べられる。

そういえば……と、後藤の前に並んだ肴《さかな》を眺めた。すべて注文すればさっと出てくる品ばかりだ。そしてよくよく思い出してみれば、後藤は焼き物や揚げ物など、調理に時間のかかる品は注文したことがない。

まったく、人の好みは色々だ。そして、人の心の有り様も、一筋縄では行かないものだ。

二三は後藤に笑顔で尋ねた。

「後藤さん、良かったらおでん、召し上がりませんか? お待たせしないで、すぐに出ますよ」

「いただきます」

後藤も嬉しそうに笑顔で答えた。

第三話　オヤジの焼き鳥

「鳥千《とりせん》さん、またやってたよ」

カウンターに腰掛けるなり、辰浪康平が呆《あき》れ顔で言った。本日の夜の部、口開けの客だ。

「ここんとこ、毎日じゃないの？　昨日も一騒動あったんでしょ？」

おしぼりを出しながら二三も呆れた声を出す。

「お飲み物は？」

「う〜ん、今日はとりあえず生ビール。小さいので」

「暑かったもんね」

一子が康平の前にお通しの皿を置いた。

今日は空豆の塩茹《しおゆ》で。季節は五月初旬、ゴールデンウィーク明けの今頃は、蕗《ふき》、独活《うど》、筍《たけのこ》、タラの芽、春キャベツ、クレソン、アスパラなど、旬の野菜が盛り沢山だ。

「春キャベツのペペロンチーノ、独活と烏賊《いか》のぬた。タラの芽の天プラ」

康平は壁の品書きを見ながら肴《さかな》を注文した。寒い季節はぬる燗《かん》専門だが、暖かくなると生ビール小ジョッキの後は冷酒になる。

　ここは東京の下町、佃島の一隅にあるはじめ食堂。創業五十年で、昔はけっこう名の知れた洋食屋だったが、今は昼は定食屋、夜は定食屋と居酒屋を兼ねる何の変哲もない町の食堂だ。

「鳥千さん、やっぱり息子さんとうまく行かないのかしら？」

「おばちゃんとこは嫁と姑《しゅうとめ》で仲良いのに、困ったもんだよね」

「結局、人間、相性なんだよ。実の親子だって、相性悪かったらどうしょうもないよ」

　一子の言葉に、二三も大きく頷いた。

「これ、ビールと相性抜群だね」

　春キャベツのペペロンチーノをつまんで、康平が感嘆した。

「でしょ？　ゴールデンウィークにお姑《かあ》さんとイタリア料理食べに行ったらさ、アンティパストで出て来たの。美味《おい》しいから真似《まね》しちゃった」

　はじめ食堂は日曜と祝日が休みだが、今年のゴールデンウィークは思い切って二十九日から五日まで七連休した。その間、二三と一子は食事を作らないことに決め、ランチまたはディナーはステキな店で食べ、それ以外はあり合わせですませた。そのステキなイタリアンの店で食べたのである。

　作り方は至極簡単だ。オリーブオイルを熱してニンニクのみじん切りと鷹《たか》の爪、シラスまたはジャコ、塩少々を入れる。続いてざく切りのキャベツを入れ、さっとかき混ぜて火を止める。キャベツのパリパリ感を残すのがミソだ。カレーやパスタにも合う。

「おばちゃん、イタリアンなんか食べるの？」

「当たり前でしょ。元は洋食屋のマダムよ」

一子はおどけた口調で言い、独活と烏賊のぬたを出した。酢味噌《すみそ》はやや強めに辛子を利かせた大人の味だ。

「うちのお姑さんもそうだし、今の年寄りって、わりと洋食好きよ。考えてみれば、子供の頃からコロッケやトンカツやカレー食べてるんだもん」

「そう言えば、うちの親父《おやじ》とお袋もトンカツと海老《えび》フライ好きだったな」

康平はビールを飲み干し、冷酒を注文した。銘柄は青森の田酒《でんしゅ》。

ついでにやっている居酒屋のわりに日本酒の品揃《しなぞろ》えが豊富なのは、酒屋の若主人の康平が、自分が呑みたいがために格安で卸してくれるからだ。

「鳥千さんも、女将《おかみ》さんが元気だった頃は良かったんだけどねえ」

一子が気の毒そうな顔をした。

鳥千ははじめ食堂の並び、佃大通りにある焼き鳥屋だ。昭和五十五年の開店で、かつては従業員を二人使ってランチ営業もしていた。その頃はたまにご飯が足りなくなると、はじめ食堂に借りに来た。ご飯を借りたら次の日に同量を返すのが業界の仁義だが、鳥千の主人はボウルに入れたご飯の他に、アマンドのシュークリームをお礼に持ってきてくれたものだ。

しかし八年前に奥さんが大病したのを境にランチをやめ、夜だけの営業に切り換えた。それからは夫婦二人で店を続けていたのだが、先月の初め、一人息子がふらりと戻ってきた。様相が変わったのはそれからだ。

鳥千の主人は串田保《くしだたもつ》という、焼き鳥屋にぴったりの名前の持ち主だ。奥さんのひな子《こ》は保と同年の六十八歳。息子の進一《しんいち》はイタリア料理に憧れて料理学校に進んだ。卒業後、何年か海外で修業した後、いくつかのレストランで働き、三年前には青山のイタリア料理店の料理長に就任した。ところがオーナーが事業に失敗して閉店になり、父親の元に戻ってきたのだった。現在三十六歳独身。雑誌に「イケメン料理人《シェフ》」と紹介されたこともある。康平とは同い年で、小学校と中学校の同級生だ。

「で、進一は親父の店をイタリア料理屋、俗に言うリストランテにしたい。親父は冗談言うな、と。これで毎日大喧嘩《おおげんか》」

「そりゃ息子が悪いわよ。親父さんの店なんだから」

康平の注文したタラの芽の天ぷらを揚げながら、一子が言った。良質の油を吸ったタラの芽は本来の風味が増すようで、ほろ苦さも爽やかに鼻に抜けて行く。山菜の王様の風格だ。

「進一にしてみりゃ、立地が良いのに細々と焼き鳥屋なんかやってんのはバカらしいんだろうな」

「はい。お塩が美味しいよ」

一子が天ぷらの皿をカウンターに置いたとき、ガラリと戸が開いた。

「こんちは」

魚政の山手政夫が幼馴染《おさななじ》みの後藤輝明を連れて入ってきた。二人はテーブル席に着き、生ビールの中ジョッキを注文した。

「俺、ぬたとアスパラ。スクランブル」

山手が例によってスクランブルエッグを頼んだ。後藤は「早けりゃ何でも良い」という人なので、この頃は完全にお任せである。

「後藤さんもぬたとアスパラ辛子マヨネーズで良いですか？　キャベツのペペロンチーノもすぐ出来ますよ」

二三が勧めると、後藤は「じゃ、それで」と頷《うなず》いた。

「今日、筍ご飯と若竹汁があるの。お二人とも締めに如何《いかが》ですか？」

「あ、俺もそれ、欲しい」

二人が答える前に、康平が言った。筍ご飯は大好物なのだ。

はじめ食堂の筍ご飯は、まず薄切りの筍と鶏のひき肉を塩・醤油《しょうゆ》・酒・みりんで煮て、ザルにあけて汁を切る。汁が冷めたら研いだ米に合わせ、少な目に水加減して調味料で味を調える。そして炊きあがった味ご飯と具材を混ぜて、ジャーに入れて保温する。こうすれば味が平板にならず、ご飯と具材にアクセントが付く。ひき肉を入れるのはこくを出すためで、油揚げとどっちを使うかは好みの問題だろう。

「いっちゃん、鳥千、大変らしいよ」

山手がビールの泡で白いひげの出来た顔をカウンターに向け、一子に言った。

「今、康ちゃんから聞いたとこ。息子は焼き鳥屋をやめて、リストランテって言うのをやりたいんだってね」

「何がリストラだよ。自分で店やりたきゃ、どっか別の場所探せばいいじゃねえか」

「そしたら家賃で大変だろう。鳥千なら串田さんちの地所だから、賃料無しで経営できる」

後藤はそう言って、一気にジョッキ半分までビールを飲んだ。

「持ち家で店やれたら有利だよ。賃料は結局、料理の値段に跳ね返ってくるしな」

二三も後藤の意見には至極納得できた。実際、はじめ食堂が嫁と姑の半素人コンビで、赤字も出さずに続けていられるのも、店と土地が自分たちの所有で、家賃を払わなくてもすむからだ。余所《よそ》に店を借りたら、とてもやっていけないだろう。

「だからって、親の店を勝手にして良いわけねえだろう」

「そうは言うけど、あそこも夫婦揃って七十近いし、もう無理は利かないよ。そんなら早めに息子に譲って、楽隠居するのも手じゃないのかな」

後藤の言葉は二三の胸に応えた。実は今朝、築地場外へ仕入れに行ったとき、焼き魚用の干物・漬魚（味噌・粕《かす》・醪《もろみ》・塩糀《しおこうじ》など）を買っているカ印商店の主人から、今月いっぱいで閉店すると告げられたのだ。

「はじめさんにも長くご贔屓《ひいき》にしてもらったけど、俺も女房ももう七十六でさ。身体《からだ》の具合もあんまり良くないしね。この辺が潮時だろうってことになったんだ」

カ印商店とは舅《しゅうと》の孝蔵が亡くなり、はじめ食堂が洋食屋から定食屋に商売替えして以来、三十年の付き合いだった。二三も食堂のおばちゃんになってからこの十年、一週間に二回は買い物をしている。魚のことを色々教わったし、時々おまけしてもらった。

「お宅で使えそうな店、何軒か教えとくよ。名刺渡すから自分で見て回って、気に入ったら贔屓にしてやって」

主人夫婦の決断は致し方ないことと思ったが、やはり寂しさが胸にこみ上げる。

そして、カ印商店も鳥千も、もはや他人事《ひとごと》ではなかった。二三は五十六歳で、一子はすでに八十二歳なのだ。今の状態が来年も続く保証はどこにもなかった。


「これ、寄付しますよ。お店で出して下さい」

ゴールデンウィーク明けのある日の昼に三原茂之が店にやってきた。いつものように、ランチのお客が引き上げた一時少し過ぎにふらりと現れると、挨拶もそこそこ、カウンターに二重にした紙袋を置いた。梱包《こんぽう》ビニールで包まれた一升瓶が二本、口から覗《のぞ》いている。日本酒のようだ。

「ゴールデンウィークに福島に行ってきたんです。そこでいただいて、とても美味しかったので。

飛露喜《ひろき》という銘柄です。お宅には置いてないでしょう？」

「よろしいんですか？」

「もちろんです。僕はそれほど呑めないし、宣伝になれば多少復興のお役に立てるかも知れないし」

「ありがとうございます。喜んで頂戴いたします」

二三と一子は並んで頭を下げた。

「日替わり定食の変わりコロッケっていうのは、どういうの？」

三原が黒板に書かれたランチメニューを見ながら尋ねた。

「ジャガイモは同じですが、具がひき肉と玉ネギじゃないんです。一つはホウレン草のソテーとほぐした焼き鮭《ざけ》、それにチーズ。もう一つは鮭じゃなくて粗挽《あらび》きソーセージのソテーを入れてます」

出来たてのコロッケを二つに割ると、ホウレン草の緑と焼き鮭・ソーセージのピンク、そしてチーズの黄色が目にも鮮やかで、口に入れれば三位一体の美味《うま》さが溶け合う逸品だ。

ゴールデンウィーク中に見た料理の雑誌に載っていて、店で出してみようと思い立った。そのレシピではホウレン草ではなくシメジを使ってあって、ソーセージのバージョンもなかったが。

「それは美味そうだ。是非、日替わりで」

「ありがとうございます！」

一子は冷蔵庫から取り出したコロッケを揚げはじめ、二三は盆に定食の容器を準備した。小鉢は蕗の煮物と冷や奴。変わりコロッケに手がかかるので、小鉢は手のかからない物にしてある。

「……これは、資生堂パーラーのミートクロケットより美味いよ」

変わりコロッケを一口味わった三原が、うっとりと眼を細めた。

「嬉しいわあ。飛露喜もいただいたし、今日はお代けっこうですよ、三原さん」

「これはお世辞じゃありませんよ。ご飯と味噌汁とおかず……。日本人の食事の基本だからね」

味噌汁は皮付き筍を大量買いした余裕で、今日の昼も筍と若布《わかめ》で若竹汁だ。

「いわゆる『洋食』はもう、完全に和食だと思います。全部ご飯に合うでしょう。フレンチやイタリアンは、どんなに美味しくてもご飯のおかずにならない」

「そう言えば、テリーヌやカルパッチョじゃ、ご飯食べらんないですよね」

三原は我が意を得たりという風に、大きく頷いた。

「明治の頃、フランス料理から洋食を発明した人たちは、本当に偉かったと思いますよ」

二三と一子は感心して相槌《あいづち》を打ち、デザートにアンデスメロンを切って出した。

「これ、サービスです。飛露喜のお礼」

「それはどうも……」

二三がカウンターに戻ろうとしたとき、入口の戸が開いて野田梓が入ってきた。

「いらっしゃい。野田ちゃん、久しぶり」

った。

梓は珍しくゴールデンウィークの前から五日も続けて店に現れず、今日は約半月ぶりの来店だった。

「しばらく」

「野田ちゃん、ダイエットしてるの？」

二三は水とおしぼりを梓の前に置きながら尋ねた。本当は思わず「身体の具合でも悪いの？」と口にしそうになったのを、あわてて言い直したのだ。それほど梓は痩せ、げっそり頬がこけていた。

「心労でね。やつれたのよ」

梓は苦笑いを浮かべた。

「胃の調子悪いようなら、雑炊でも作ろうか？　うどんもあるよ」

梓は首を振った。

「ありがとう。でも、スタミナつけたいから……焼き魚、何？」

「ぶりの照り焼き」

沖漬けのぶりの切り身は冷凍だが肉厚で脂が乗っている。フライパンに少し油を引いて焼くと、醤油の焦げる香ばしい匂いが立ちのぼり、いやが上にも食欲を刺激する。カ印商店ではそれが一枚わずか百円で買えたのだが……。

「じゃ、焼き魚で」

梓は持参の手提げ袋からいつものように文庫本を取り出したが、ページを開いても上の空で、ボンヤリ字面《じづら》を眺めている。二三は気がかりだったが、人前であれこれ詮索するのも憚《はばか》られた。

「ごちそうさま」

三原は気を利かせて、コロッケの残りを平らげると、さっと席を立った。すでに時刻も閉店時間の二時が近い。

「そろそろ看板にして、あたしたちもご飯にしようか」

一子のひと言で、二三は表の立て看板を店内に入れ、戸に「準備中」の札を掛けた。

「これ、デザート。サービスね」

二三は梓の前にアンデスメロンの皿を置き、同じテーブルに自分と一子の賄いを並べた。もちろん二人とも変わりコロッケだ。

「それ、美味しそうね」

目の前に置かれた変わりコロッケをちらりと見て、ぶりの照り焼きをつつきながら、梓が言った。

「はい、味見」

一子は割り箸を割ると鮭のコロッケを三分の一切って、梓の皿に載せた。二三もそれに倣ってソーセージのコロッケを三分の一、梓の皿に載せてやった。

「ありがと」

梓はコロッケを口に入れて目を閉じた。もぐもぐと口を動かし、飲み込むともう一切れにも箸を伸ばした。

梓は強い女だから決して人前で涙を見せるようなことはしないが、二三は今、梓が心の中で泣いているのが分かった。

「お姑さん、カ印さん紹介の中島《なかじま》商店と丸福《まるふく》水産だけどね……」

二三と一子は場外の魚屋のことや、休み中に食べに行った店のことなど、いつもの調子でしゃべりながら賄いを食べた。

「ごちそうさま」

二人が食べ終わると同時に、梓も箸を置いた。

「あ〜、美味かった。この半月、まともにご飯食べてなかったから、生き返ったわ」

食後のほうじ茶を飲み終わったときには、いつもの梓に戻っていた。

「野田ちゃん、何かあった?」

「お勘定のツケ、引っかけられちゃった」

二三と一子は思わず「えっ?」と聞き返した。

梓は銀座の老舗クラブで長年チーママを務めている大ベテランだ。客に勘定を踏み倒されることなど、普通は考えられない。

「今考えると確信犯だったのよね。二十年来のお馴染みさんが連れてきたお客だから、こっちもつい信用しちゃって。それがいけなかったんだ」

馴染み客は銀座の老舗レストランのオーナーで、その男は相談役という触れ込みだった。

「翌日に一人で来て、現金で払って帰ったの。次の週の月曜日に三人で来て、仕事の接待だからってお馴染みさんの名刺を出して、ツケで飲んだの。水曜日も四人で来て……」

金曜日に馴染み客が来店したので、接待の礼を述べたところ、まったくあずかり知らぬという。

「一度会ったきりの、ただの経営コンサルタントだったのよ。それをわざと会社の相談役みたいに思わせてさ。こっちも新規のお客さんが欲しいから、ウッカリ早呑み込みしちゃったってわけ」

梓の口調はサバサバしたものだったが、はらわたが煮えくりかえるような思いをしたことは明らかだった。

「……その男を捕まえて、お勘定を払わせることは出来ないの？」

「難しいわね、それは」

詐欺事件の被害にあったら、人は警察を頼るだろう。しかし、警察は犯人を逮捕してはくれるが、金を取り返してはくれない。犯人を逮捕・起訴して刑事罰を科すまでが刑事訴訟法の範疇《はんちゆう》で、金の返還を請求するには、被害者が民事で裁判を起こさなくてはならないのだ。そして、詐取された金が戻ってくる見込みは、極めて少ない。

「引っかけられたツケは二回分だから、痛いことは痛いけど、ソープに身売り……って、あたしの年なら臓器売買か。ま、それほどの被害じゃないからさ、授業料払ったと思って諦めればすむんだけど。ただ……」

梓はきゅっと口元を引き締めた。

「何十年もこの商売してきて、今更、あんな初歩的な手口に引っかかったのが情けなくてね。不況でお客さんも減ってるから、焦ってたのね。十年前なら、絶対だまされなかったはずなのに」

二三にはその気持ちが良く分かった。長年水商売で鍛えた人を見る目と酒席の勘は、梓の最大の武器だった。それがここへ来て鈍りかけたことが、耐え難い屈辱なのだ。

「野田ちゃん、ものは考えようだよ。今、ここで小さな災難に遭って、大きな災難を避けられたと思えば良いじゃない。もしかしたら、自信を持ちすぎて慢心気味になってたのが、月謝を払って初心を取り戻したと思えば」

二三は気休めではなく、心からそう思った。

「それにしても、高い月謝だったねえ。手元に残ってりゃ、バーキンが買えたんじゃないの？」

一子が大袈裟《おおげさ》に眉をしかめると、梓は呆れ顔になった。

「いやだ、おばさん。バーキンがいくらすると思ってんのよ」

「おや、お宅の勘定よりお高いの？」

梓と二三も大袈裟にため息を吐き、揃《そろ》って肩をすくめた。

「お姑さん、クロコダイルのバーキンって、五百万もするのよ」

「ひええ！」

一子はびっくりして大声を上げ、やがて女三人は笑い出した。

『お母さん、今から二人、入れる？』

夜七時を回った頃、一人娘の要から電話があった。

「カウンターなら空いてるけど」

『じゃ、十分以内に行くから』

それだけ言って電話は切れた。

「お姑さん、要。これから二人で店に来るって」

二三は受話器を置いて、海老フライを揚げている一子に言った。

「へえ。カレシでも連れてくるのかねえ」

カウンターで生ビールのジョッキを傾けていた赤目万里が、急にむせて咳《せ》き込んだ。就職した会社を一年で辞めてしまったニート青年で、要とは小学校から高校まで一緒だった。本人は小説家を目指すと称しているが、二三には両親の太い脛《すね》を囓《かじ》っている甘ったれの失業者にしか見えない。素直で優しい性格なのだが……。

二三はカウンターに二人分の箸をセットした。

「こんばんは」

十分後、要と共に店にやってきたのは、四十前後の落ち着いた感じの女性だった。

「お母さん、おばあちゃん、料理研究家の菊川瑠美《きくかわるみ》先生よ」

二三も一子も驚いて頭を下げた。菊川瑠美はテレビの料理番組にも頻繁に登場する人気者だ。テレビではいつも赤い縁の眼鏡を掛けているが、今は外しているので、初めは誰だか分からなかった。

「まあ、ようこそおいで下さいました。私、先生のご本を持ってます。お店で出してる小鉢のメニュー、いくつか参考にさせていただきました」

「先生だなんて、とんでもない。お恥ずかしい限りです」

瑠美はおしぼりで手を拭きながら、恥ずかしそうに頭を振った。

「今度、先生の本を担当させていただくことになったの。何と、佃にお住まいなのよ。うちが佃で食堂やってるって言ったら、是非食べに行きたいって仰《おつしや》って……」

「去年、こちらに越してきたばかりなんですよ。だから、ご近所のことも余りよく知らなくて」

佃にはタワーマンションが何棟も建っている。いずれも高級住宅で有名人の住人も多いから、瑠美が住んでいても不思議はない。

二三はカウンターにお通しの皿を並べた。今日はオクラとチーズの土佐醤油和《あ》え。オクラはまだ走りだが、築地の八百屋で見たら安くて美味しそうだったので買ってきた。茹でたオクラのざく切りとカッテージチーズとカツオ節と醤油……このコンビネーションは食べてびっくり、相性抜群なのだ。

「佃には昔ながらの良いお店もいっぱいあるのに、まだ全然探訪していないの。一さんみたいな案内役がいてくれると、心強いわ」

一つ置いた席で海老フライを頰張っていた万里が「へっ」という顔をした。要は若い女性の例に漏れず「Ｈａｎａｋｏ」片手に銀座・麻布・広尾などの小洒落た店を食べ歩き、地元には目もくれない。

「あら、飛露喜があるの？　うちの両親が福島出身なのよ」

瑠美は品書きを見て冷酒を注文した。二三はタラコと白滝の煎り煮とポテトサラダをカウンターに置いた。

「この白滝、美味しいわね！」

みんなが絶賛する花岡商店の白滝の歯ごたえに、瑠美も感嘆の声を上げた。

「ここの白滝を食べたら、もうスーパーの白滝は食べられませんよ」

要がしたり顔で解説を入れると、万里がカウンターの二三と一子に向かって、鼻の頭にシワを寄せた。以前要が「白滝なんかどの店で買ったって同じじゃない。どうせビンボー臭い食べ物なんだから」と言ったのを覚えているのだ。

それから要と瑠美は独活と烏賊のぬた、蕗の煮物、ぶりの照り焼きを注文し、最後は筍ご飯を食べた。

「あ～、美味しかった」

「どうもお粗末様でございました」

「とんでもない！」

要が恐縮して頭を下げると、瑠美は真顔で言った。

「私は職業柄、いつも新しいレシピを開発しなくちゃいけないでしょ。だから普通のご飯に飢えてるのよ。ここは本当にまっとうな、美味しいものを出してくれたわ」

瑠美はカウンターの中の二三と一子の顔を眺め、微笑《ほほえ》んだ。

「お嫁さんとお姑さんのコンビネーションも抜群だし、雰囲気も最高ね」

そして、しみじみと言った。

「なにより、うちから近いのがありがたいわ。ここならサンダル履きで来られるもん。おしゃれして出掛けて行くお店はいっぱいあるけど、ご近所にこういう気取らない店があるって、貴重だわ」

要がすかさず言い添えた。

「佃は気取らない店の宝庫ですよ。うちの並びに鳥千って言う焼き鳥屋があるんですけど、そこもなかなか評判良いんですよ」

「焼き鳥も良いわねえ。今度、寄ってみるわ」

要は瑠美を外で見送って、店に戻ってきた。

「鳥千さん、どうも危ないらしいよ」

カウンターの食器を洗い場に運ぶ要に、一子が話しかけた。

「息子が、焼き鳥屋廃業してイタリアンの店にしたいんだって」

「ああ、あのイケメンシェフね。どうして急に？」

「女が出来たんだよ」

万里がしたり顔で言った。

「ええ？　どういうこと？」

要も二三も一子も、カウンター越しに身を乗り出した。

万里が牛丼屋でバイト中、ゴミを出そうと通りに出たとき、偶然、向かいの喫茶店から串田進一が女性と出て来るのを見たらしい。二人は腕を組んで歩いていったが、女性の方は見るからに〝良いとこのお嬢さん〟風だったという。

「だからさ、見栄張りたいんだよ。焼き鳥屋の二代目じゃカッコ悪くて『お嬢さんを下さい』なんて言えないでしょ」

イタリアンレストランのオーナーシェフなら、充分に今風でカッコ良い。

「ちょっと見ただけなのに、良いとこのお嬢さんって、どうして分かった？」

「バーキン提げてたもん」

「バーキンは家柄じゃなくて金の象徴」

「似たようなもんじゃん」

万里と要の掛け合いをよそに、二三の興味は別方向に逸《そ》れた。

「あんた、その牛丼屋のバイトはどうしたの?」

「辞めちゃった。元々短期契約だったし」

仕事を舐《な》めてんじゃないよ……と二三が雷を落とす前に、要が尋ねた。

「ねえ、お母さん、鳥千の焼き鳥って美味しいの?」

「あら、あんた、菊川先生に推薦してたじゃない。食べたことあるんでしょ?」

「あれはその場の成り行きよ。ねえ、どうなの?」

「知らないわよ。あたしもおばあちゃんもお店やってるんだから、焼き鳥食べに行けるわけないでしょ」

「え〜、どうしよう」

万里はニヤニヤしながら母子のやりとりを眺め、口を挟んだ。

「要って、昔からテキトーだよな」

「あんたに言われたくないよ」

「まあ、ミシュランで星取るような店じゃないけど、そこそこ行けるんじゃないの。何しろ一串二百円だもん。充分でしょう」

万里はまるっきり取り柄がないが味覚はなかなかだと、いつか要が言っていた。

「あたし、責任上、明日鳥千で焼き鳥食べてみるわ」

するとと万里が哀れっぽい声で両手を合わせた。

「お代官様、そんなならついでに俺にもおごって」

「バ～カ。あたしみたいな安月給取りにたかるんじゃないよ」

「だって出版社、給料良いだろ？」

「大手はね。うちみたいな弱小は、人使い荒くて給料は雀《すずめ》の涙」

「そんなら、辞めちゃえば？」

要は露骨に顔をしかめ、万里の額を人差し指で突っついた。

「もう、ほんと、昆虫よりバカ」

万里は嬉《うれ》しそうにニヤニヤしている。何故《なぜ》か昔から、要にけなされたりバカにされたりするのが好きなのだ。


翌日の夜、八時を少し回った頃、要と万里が連れ立って店に入ってきた。どうやら二人で鳥千を探訪してきたらしく、並んでカウンターに腰掛けた。

「おばちゃん、生ビール」

「あたし、冷酒。緑川」

二人ともやれやれという顔で注文した。

「二人とも浮かない顔ねえ。鳥千で焼き鳥食べたんでしょ。美味しくなかったの？」

要と万里は互いに顔を見合わせ、首を振った。

「なんかねえ、店の雰囲気が良くないのよ。ピリピリ緊張感が漂っちゃってて」

「親父さんとシェフが険悪で、女将さんがおろおろしてるのが、ダイレクトに伝わってくるんだよ。超、居心地悪かった」

珍しく二人の意見は一致していた。

「二人とも、何か食べる？」

生ビールのジョッキをカウンターに置いて、一子が尋ねた。

「あたし、今日野菜不足なんだ。野菜サラダとキャベツのペペロンチーノが食べたい」

「俺、ポテサラと中華風冷や奴」

二三は冷酒のデカンタとグラスを出して、要に言った。

「明日にでも菊川先生に電話してあげたら？　今はちょっと店の中が険悪ですって」

「うん。そうする」

二三はキャベツをオリーブ油その他とさっと和え、皿に盛った。そして、義理堅かった串田保の顔を思い浮かべ、やりきれない気持ちになってしまった。せっかく料理人の修業をした息子が戻ってきたというのに、互いに相容《あいい》れないとは……。

翌日のランチタイム後半、一時半になろうかという頃、当の串田保がひょっこりはじめ食堂に現れた。この時間、店に残っているのは三原茂之と野田梓くらいだ。

「あら、鳥千さんのご主人、いらっしゃい」

「昨夜はどうも。お宅の要ちゃんに来てもらって……」

串田は礼を言ってテーブル席に座ったが、心なしか浮かない顔をしている。二三はとりあえずお茶を出した。

「ねえ、お宅、イタリア料理屋になるって、ほんと?」

カウンターの奥から一子がズバリと聞いた。串田が苦虫を嚙《か》みつぶしたような顔をしたので、二三はひやりとしたが、出て来た言葉は意外なものだった。

「聞いて下さいよ、奥さん。倅《せがれ》のバカが、親の苦労も知らねえで、焼き鳥なんか料理じゃないって抜かすんですよ」

「おや、まあ」

「昼から仕込みにかかって、客単価三千円にもならないんじゃ、商売やってる意味がないって、こうですよ」

二三も横で聞いていて思わずムッとした。確かにそれはその通りかも知れないが、ものには言い方というものがある。

「ひどいわねえ。うちなんか客単価七百円ですよ」

つい口を挟むと、串田は我が意を得たりという風に頷いた。

「まったく、なまじ学校出て外国なんか行ったのが仇《あだ》になったんですかねえ。もう、頭から親の商売をバカにして……」

「冗談じゃないわ。誰のお陰で学校へ行けたと思ってんの。親が苦労して商売やって、それで稼いだお金だっていうのに」

目の前に進一がいたらそう言うだろう口調で、一子は言った。

二三も同感だった。そもそもイタリア料理が上等で、焼き鳥が下等だとは思っていない。料理も服装も、大切なのはその日の気分とＴＰＯを尊重することだ。焼き鳥が食べたいときは焼き鳥が、お茶漬けが食べたいときはお茶漬けが最高の御馳走になる。

そしてまた、接待に利用する高級店とサンダル履きで通うプライベートな店は、用途が違うだけであって価値が違うわけではない。

「タカちゃんの奥さんもそう思うでしょう？」

「当たり前ですよ」

串田に同意を求められ、二三は大きく頷いた。同業者二人の賛同に気を良くして、串田は溜《た》まっていた憤懣《ふんまん》を次々に吐き出していった。ちなみに串田は嫁と姑が一緒のとき、一子のことは「奥さん」、二三のことは「タカちゃんの奥さん」と呼ぶ。

「なんとかプロデューサーっていうのが後ろで焚《た》きつけるから、余計ですよ。ここは古いものと新しいものが共存している、非常に素晴らしい土地柄で、色々なタイプの集客が見込める。これまでにないユニークな店舗を展開できる。それをこのまま眠らせておく手はない。宝の持ち腐れだ……なんてね。倅もすっかりその気になって、頭に血が上ってるから、何を言っても聞く耳持たないんですよ」

「あらら。そりゃ大変だ」

「おまけに、女が出来たから尚更《なおさら》ですよ。いえ、相手はとても良いお嬢さんで、私も女房もありがたいことだと思ってます。ただ、倅が見栄張ってね。彼女に良いとこ見せたいもんだから、躍起になってんですよ」

串田は深々とため息を吐いた。

「相手のお嬢さんは、どういう方なんですか?」

二三は好奇心を抑えきれず、恐る恐る聞いてみた。

「倅が青山の店で働いていたときのお客さんです。三峯《みつみね》物産の社長秘書で、慶應大学出のインテリだそうです。英語もフランス語もペラペラみたいですよ」

「そりゃあ、見栄も張りたくなりますよねえ」

串田はつられたように頷いたが、一子が釘《くぎ》を刺した。

「だからって、親の店乗っ取ろうって魂胆が気に入らないね」

「そうでしょう、奥さん」

二三は頭の中で串田の話を整理して、声に出さずにつぶやいた。

「元凶は、そのなんとかプロデューサーかしら？」

バブルの頃〝空間プロデューサー〟なる人種が闊歩《かっぽ》していたのをふと思い出した。

「ああ、お邪魔しました。ごちそうさんです」

串田はさっぱりした顔で立ち上がり、帰って行った。

「あの人、お茶だけ飲んで帰っちゃったわ」

梓が呆れた顔をした。

「良いのよ。ご同業だから」

梓ははじめ食堂の並びにある鳥千を思い出したようだ。

「そう言えば、昔はランチやってたよね」

「うん。前に奥さんが大病してね。それからは夜専門」

梓は食後の一服に火を点《つ》けて、うまそうに煙を吸い込んだ。

「……銀座も同じ。次々新しい店が出来て、次々閉店してゆくんだよね。だから何十年もやってるって、それだけで立派だと思う」

三原が食後のお茶を飲み干して、ゆったりとした口調で言った。

「前に住んでた家の近所に、貸店舗があったんですよ」

二三も一子も梓も、思わず耳を傾けた。

「住宅地だから、店をやってもそんなに流行《はや》るわけもない。それでも次々店子《たなこ》が入るんです。洋菓子屋、自然食品の店、アクセサリーと小物の店、輸入雑貨の店、手作りファッションの店、猫関連グッズの店……。次々入れ替わりました。おそらく、初めて店を出す奥さんたちがオーナーだったんでしょう。結局は、内装業者の良いカモでしたよ。店が変わる度に、工事で儲《もう》かりますからね」

女三人が感心して頷くと、三原は少しあわてて付け加えた。

「これは昔の話だし、鳥千の息子さんは一流の店でシェフをやっていた人だから、経験も見識もあるでしょう。簡単に騙《だま》されるはずがないとは思いますがね、老婆心で」

だが、二三は心の中で危ぶんでいた。串田進一は謂《い》わば〝格上〟の恋人が出来て舞い上がっている。見栄を張って背伸びしている状態では、足元の落とし穴に気が付かないのでは……？

「今度の日曜日、印籠漬けを漬けようかしら」

昼の休憩で二階に上がって寝ころんだとき、一子が言った。

「ああ、もうそんな季節なんだ」

「もうすぐ六月よ」

「そうか。おでん止《や》めて、冷や汁出さないとね」

「八百屋行ったら、瓜《うり》を見てきてよ」

「うん、分かった」

はじめ食堂で出す漬物はすべて一子のお手製で、ファンも多い。糠《ぬか》漬《づ》けは通年で出しているが、冬になると白菜漬けを出す。四つ切りの白菜に塩・輪切り唐辛子・柚《ゆ》子《ず》の皮のみじん切りをすり込んで重しをしただけのシンプルな漬物だが、冬の漬物の代表選手だろう。漬けて一週間以内の浅漬けは甘く爽やかで、二週間以上漬け込んだ古漬けは熟成した味わいになる。

そして初夏に出すのが瓜の印籠漬けだ。瓜のタネをくり抜いて、その穴に塩・茗荷《みょうが》・大葉を詰め、重しをする。水が上がってくれば浸かり始めで、三日もすれば味が馴染んで食べられる。その浅漬けは香味野菜の香りが高く、初夏にぴったりの美味しさだ。一週間以上漬けておくと酸味が強くなり過ぎると言って、一子は樽《たる》から上げて容器に移し、冷蔵庫に保存している。

一度に二十本以上漬けるので、なかなか手間がかかるのだが、二人で協力すればさほどのことはない。二三は毎年印籠漬けを漬ける度に、いよいよ六月、メニューの更衣《ころもがえ》が近づいたことを実感する。

そんなことを考えながら昼寝したせいか、大量の青瓜に押しつぶされる夢を見て、あわてて飛び起きたら四時五分前だった。

「こんばんは。この間はどうも……」

六時過ぎにひょっこり店に現れたのは、料理研究家の菊川瑠美だった。後ろから連れが入ってきた。

「二人なんですけど……」

「どうぞ、どこでも、空いているお席に」

まだ口開けで客は辰浪康平しかいない。その康平が声を上げた。

「あれ、進一。店は良いの？」

「どうも、邪魔にされててさ」

色白で長身、細面の三十男は串田進一だった。イケメンと言うほどではないが、清潔感のある優しげな顔立ちは女性にもてそうだ。二三も子供の頃は顔を見ているが、料理学校を卒業してからずっと親元を離れていたので、今の進一に道で会っても分からなかっただろう。

瑠美と進一は康平と並んでカウンターに腰掛けた。

「先生。鳥千さんの息子さんとお知り合いだったんですか？」

「青山のお店にはよく行ってたんですよ。それに私、串田さんのキューピッドよ。彼のフィアンセ、私の教室の生徒さんだもの」

瑠美は青山に料理教室を持っている。若い女性に大人気で、参加希望者は一年待ちの状態だ。

磯辺《いそべ》弥生《やよい》は二年越しで教室に通っていて、瑠美が新しい本を出版したとき、お祝いを届けてくれた。瑠美がお礼に進一の働くレストランに招待したところ、弥生はすっかり気に入って通うようになり、進一との交際に発展したのだった。

「まあ、それはそれは。思いがけないご縁ですねえ」

カウンターの横では康平が耳をダンボのようにして聞いている。どうやって良いとこのお嬢さんをゲットしたか、興味津々なのだ。

今日のお通しは鶏皮《とりかわ》の生姜煮《しょうがに》で、お勧めは新玉ネギとスモークサーモンのサラダ。スライスして水で揉《も》み、辛味を抜いた玉ネギとスモークサーモンをマヨネーズで和え、粗挽き黒胡椒《こしょう》を利かせた料理だ。甘く柔らかい新玉ネギが出回っている季節だけ居酒屋定番の大根と缶詰の貝柱の代わりに出される。

「じゃあ、それ下さい。あと、中華風冷や奴ね」

瑠美は飛露喜を注文してから、この前食べなかったメニューを何品か選んだ。

「串田さんは、もう次の仕事は決まってるの？」

「いくつかお話はもらったんですけど、そろそろ独立して自分の店をやりたいんです」

注文の料理を用意しながら、二三もカウンターの中で耳をダンボにして、瑠美と進一の会話を漏れ聞いた。

「勅使河原《てしがわら》さんという、『ビストロ・ユノ』や『ミレイユ』を手掛けたプロデューサーが、これから店を出すなら銀座や青山より佃が良いって仰るんですよ。高層マンションが何棟も建っている一方、昔ながらの風景も残っているところが、他にはない強みだと」

話の内容は、先日串田が訴えたのとほぼ同じだった。進一は親の店を改装して、新しいイタリアンの店をやりたいらしい。

「何となく、焼き鳥屋さんって良いと思うけどなあ。この場所の雰囲気に合ってるし」

瑠美の言葉に進一は顔をしかめた。

「でも、親父みたいな商売してたら、一生うだつが上がりません。昼間から肉の処理して、串打って準備してるのに、一本二百円ですからね」

進一は錦糸町にあるミシュランで星を取った焼き鳥屋の例を出した。そこは十二本のコースが基本で、肉八本、野菜四本が順番に出てくる。

「まあ、焼き鳥の概念が変わるくらい美味かったです。レバーはフォアグラみたいだし、砂肝は柔らかくてジューシーだし、つくねは噛むとジュワッと肉汁が弾《はじ》けるし。酒を頼めば客単価五千円は確実に超えるでしょう。だから商売として成り立つんですよ」

進一の言い分は分かる。料理人として上を目指すのは当然だ。しかし、はじめ食堂や鳥千の客は、ミシュランの星を期待して来るわけではない。気を遣わずにのんびり呑んで食べて、いつもの顔ぶれの中で代わり映えのしない一日の終わりを過ごしたいのだ。

瑠美も進一の話を聞いてはいたが、あまり納得していないのが表情で見て取れた。

「……土地柄もあるしね。お店は難しいわ」

「でも、この店だって、元は有名な洋食屋だったんですよ。ねえ、おばさん？」

いきなり話を振られて、二三は一子を見た。

「亡くなった亭主がホテルで修業した料理人で、生まれ育ったこの佃島で洋食の店を始めたんですよ。もう五十年も昔です」

「まあ、ちっとも存じませんでした」

「僕もつい最近知ったんです。その頃は政財界の大物や芸能人が、お忍びで食べに来たんでしょう？」

「おばちゃん、その頃は〝佃島の岸惠子〟って言われてたんだよね」

康平が横から口を出し、一子を苦笑させた。

「たまにはそういうこともあったけどね。でも、三十年前に亭主が突然亡くなって、息子と二人で店を続けることになったとき、方針を変えたんですよ。亭主が作っていたプロの洋食は出来ない。だから、素人でも出来る家庭の味を目指そうって」

瑠美は感心したように頷いた。

「大正解でしたね。本当に、美味しい家庭の味ですもの」

「そう言っていただけるとありがたいですよ」

だが、進一の決意はまったく揺るがないようだった。

「僕が目指すのは、昔のこの店ですよ。わざわざ佃島まではじめ食堂の料理を食べにあちこちから一流のお客さんが来たんです。料理で人を集められるなんて、料理人の理想ですよ」

その夜、店を閉めてから一子がしみじみと言った。

「ここ、元は寿司屋《すしや》だったのよ」

「えっ、そうだったの？」

「うちの人は洋食に憧れてホテルに入ったから、跡継ぎがいなくなってね。独立するとき、店をゆずってもらったの。まあ、親たちも年だったって言うのもあるけど、本当にありがたかったわ。それに、うちの人が魚の目利きだったのも、寿司屋の倅でお義父《とう》さんの薫陶を受けていたせいだと思う」

「全然知らなかった」

「昔のことだもん」

そして、遠くを見る目になった。

「あの息子のこともそう悪くは言えないねえ。うちの人だって父親の寿司屋つぶして洋食屋始めたんだしさ。場所じゃなくて、料理で人を呼ぶって言うのも、今時勇ましい話じゃないの」

「……そうねえ」

だが、二三は気になっている。進一は急ぎすぎているのではないだろうか？

翌日の昼、その進一が二人連れではじめ食堂を訪れた。一時少し前で、ランチの客が帰り始めた頃だ。

「いらっしゃい。どうぞ空いているお席に」

二人は空いたばかりのテーブル席に腰掛けた。進一の連れは五十くらいの、顎鬚《あごひげ》を生やした男だった。アクアスキュータムのジャケットを着て、襟元に同色系統のペイズリー柄のスカーフを巻いている。サラリーマンには絶対に見えない。

進一が黒板に書いたメニューを見て尋ねた。

「おばさん、今日の魚、何？」

「焼き魚は赤魚の粕漬け、煮魚はカジキマグロです」

「じゃあ、煮魚」

「僕は海老フライね」

連れの男が注文した。ランチは一律七百円だが、海老フライ定食のみ千円だ。一番高いメニューを選んだわけだ。

一子は冷蔵庫から衣をつけた海老を出し、フライを揚げ始めた。二三は手早く定食の皿を盆にセットする。今日の小鉢はあぶたまとキュウリ・若布・ジャコの酢の物。あぶたまとは出汁《だし》で玉ネギと油揚げを煮て、卵で綴《と》じた料理。なんの変哲もないお総菜だが、新玉ネギの季節は特別に美味しい。

「お待ちどおさまでした」

テーブルに出来上がった定食を運んでいると、三原茂之が入ってきた。一時丁度で、いつもの席も空いている。

「日替わりは茄子《なす》の挟み揚げ？」

「今年初です」

「じゃあ、それにしよう」

挟み揚げは茄子を縦に二等分し、厚さの半分に包丁で切り込みを入れたら、合い挽き肉を挟んで片栗粉をまぶし、油で揚げるだけの簡単な料理だが、茄子の味を堪能できる。辛子醤油やポン酢が合う。

一子が仕込み済みの茄子を四切れ、油に泳がせた。皮の面と断面に均等に火が通るよう、何回か箸で裏返すと、黄色がかった断面に薄茶色が混じり、香ばしい肉の匂いが立ってくる。揚げ物は油の音が小さくなったら、出来上がりだ。

二三が三原に定食を運んでいると、進一と連れの男の会話が耳に入った。

「……ちらっと聞いたことはあるけど、ここがその店とはね」

「今はもう、料理人も変わって、普通の定食屋ですが」

「でも、この海老フライはなかなかだよ。タルタルソースは手作りみたいだね。昔のよすがを偲《しの》ばせるよ」

二三はカウンターに戻りながら、あれが勅使河原とか言う例のプロデューサーだと分かった。先入観があるせいかも知れないが、どうも胡散臭《うさんくさ》い。

と、勅使河原が派手な笑い声を立てた。

「いやあ、焦ったよ。『サブリナ』と言えば銀座でも一流どころだからね」

進一も追随するように笑顔になった。

「それはまた、災難でしたねえ」

その瞬間、二三の頭の中にパッと電球が灯《とも》った。その光に照らされて、見えてきたものがある。

二三は食器棚の隅に置いたスマートフォンを摑《つか》むと、カウンターの中でしゃがみ込んだ。

「もしもし……」

テーブル席に聞こえないよう声を潜めた。

「ふみちゃん、どうしたの？」

二三は通話を終えて立ち上がると、一子に耳打ちした。

一子も驚いて息を呑み、カウンターからテーブル席を盗み見た。

やがて進一と勅使河原は定食を食べ終わり、湯呑みに手を伸ばした。

「本日はよくいらして下さいました。これ、お店からサービスです」

まだ帰られては困る。二三は時間稼ぎにアンデスメロンを二人に出した。

「すみません、おばさん」

「サービスの良い店だねえ。やっぱり下町で長く営業してる店は、ハートがあったかいよ」

二人がメロンを一切れ口に入れたとき、ガラス戸が開いて野田梓が入ってきた。いつものスッピンに黒眼鏡だが、明らかに形相が変わっている。

二三は目で勅使河原を指した。梓は迷わずつかつかとテーブルに歩いて行き、勅使河原の斜め前に立った。

「勅使河原さん、お見限りですね。サブリナの雪子《ゆきこ》です」

梓は黒縁の眼鏡を取った。勅使河原がハッと息を呑んだ。梓は眼鏡をかけ直すと、普段より半オクターブ低い声で言った。

「お勘定はいつお支払いいただけますか？　それともう一つ。島津《しまづ》社長はあなたに接待を頼んだ覚えはないと仰っていますよ。それと、色々なレストランのプロデュースを手掛けていたという触れ込みだったけど、調べてみたらみんなウソだったんですってね」

梓は両足を肩幅に広げてほとんど仁王立ちになり、両手を胸の前で組んで勅使河原という男を見下ろした。

「小さな店のオーナーに改装話を持ちかけて、話が決まると相談料手付け金その他、ごっそり懐に入れて雲隠れしたそうね？　それ、立派な詐欺よ」

進一も唖然《あぜん》として言葉を失い、勅使河原の顔を見ている。白い顔から血の気が引いていた。

勅使河原は能面のように一切の表情を消し、無言で立ち上がると、そのまま店を出て行った。

「ふみちゃん、ありがとう。恩に着るわ。でも、良く気が付いたね」

「お宅の店の名前が出たから、もしかして……と思ったのよ」

梓は進一の方に向き直り、落ち着いた声で言った。

「事情は知りませんけど、あの男の言うことを信じちゃいけません。私も被害に遭いました。勅使河原って言うのも、本名かどうか分かりませんよ」

進一は力なく頷いた。その肩ががっくりと落ちていた。

「……そうですね。もしかしたら、このお店も狙っていたのかも知れないです。僕が昔のはじめ食堂のことを話したら、すごく興味を持って、是非行ってみたいって言うんで。店も近いし、二軒まとめて騙そうと思ったのかも」

「うちは大丈夫。あたしもお姑さんも、もう野心ないから」

進一は「すみません」とつぶやいて頭を下げた。

一子がカウンターから出て来た。手に塩の壺《つぼ》を持っている。

「はい、野田さんも一緒にどうぞ」

一子と梓はガラス戸を開け、二人並んで盛大に塩をまいた。

結局、進一は誘われていた店で料理長として働くことになった。弥生とも近々結婚する予定だ。

「あいつがもう少し修業して、独立するって話になったら、そのときは店を譲ってやるつもりですよ」

後日はじめ食堂にやってきた串田は、心境の変化を打ち明けた。「昔のはじめ食堂みたいな店にしたいっていう心意気は、買ってやろうと思いました。その頃は私も女房も、今よりくたびれてますからね。孫のお守りしながら、皿洗いでもやりますさ」

近所にステキなイタリアンの店が出来たら、それは佃の町にとっても良いことだろうと、二三も素直に思うのだった。

第四話 恋の冷やしナスうどん

「夏と言えばやっぱ、『冷やしナスうどん』でしょ」

ランチタイムのピークを過ぎた午後一時十五分、はじめ食堂に入ってきた赤目万里は黒板の定食メニューを見て、日替わりの冷やしナスうどん定食を注文した。

「おばちゃん、ご飯は納豆で頼むね」

「はいよ」

一子は心得顔で返事をする。満八十二歳だが、今も現役の食堂のおばちゃんで、揚げ物はほとんど一子が担当している。

二三はあらかじめ茹《ゆ》でておいた稲庭《いなにわ》〝風〟うどんを一人前ザルに取り、冷水に晒《さら》して冷やしてから皿に盛りつけた。その横に添えるのは、茄子《なす》を縦半分に割って薄切りにし、油で炒《いた》めて酒・砂糖・醤油《しょうゆ》・豆板醤《トウバンジャン》で味を付け、仕上げにゴマ油をちょっとかけて冷やしておいたもの、つまり〝冷やしナス〟。そば猪口《ちょこ》に付け汁を出すのだが、これは文字通り付けて食べても良し、麺にぶっかけて食べても良し、お好み次第。

うどんとセットで出しているのが「血糖値の上がらないご飯」。洗った米に酒・芽ひじき・ジャコ・ちぎった梅干し・煎りゴマを入れ、水加減をして炊くだけの、至って簡単な炊き込みご飯。にもかかわらず、ひじきとジャコとゴマのお陰で血糖値の上昇を抑えてくれる優れものだ。梅干しのほどよい酸味のお陰で、夏でもさっぱり食べられる。二三がテレビ番組「みんなの家庭の医学」で見て感心し、店のメニューに取り入れた。

はじめ食堂では、この炊き込みご飯を「焼きおにぎり」にして夜のメニューに入れている。しっかり握ってゴマ油を塗った網で焼くと、こんがりとした焼き目とゴマ油の香りで、夜の顔に変身だ。出汁《だし》をかければ別メニュー「焼きおにぎり茶漬け」になる。

「その素晴らしい『血糖値の上がらないご飯』を食べられないいんだから、あんたは」

万里のテーブルに定食の盆を置いて、二三はつい小言を言った。万里は魚嫌いで、シラスから鯛《たい》に至るまで尾頭付きは一切食べられない。

「良いんだって。ご飯は納豆と一緒に食べれば、血糖値上がらないいんだよ。ねえ、三原さん」

万里は隣りのテーブルで同じく日替わり定食を食べている三原茂之に同意を求めた。

「血糖値は別として、日本人に生まれて魚が食べられないっていうのも、もったいないと思うね」

三原は頷《うなず》きながらもにこやかに言い添えた。

「そういえば二三ちゃん、新しい魚屋さん決まったの？」

本日の焼き魚定食「鯖《さば》の醤油干し」を食べていた野田梓が尋ねた。

「うん。丸福水産っていう店。品揃《しなぞろ》えは良いんだけど、場所がちょっと離れてるのが玉に瑕《きず》かな」

長年焼き魚用の魚各種を仕入れていたカ印商店が、店主夫婦が高齢のために閉店してしまい、代わりになる魚屋を何軒か紹介してもらった。その中で値段と品質を考え、丸福水産を後継に決めたのは先月のことだった。

「白滝の店は無事なんでしょ？」

「無事無事。今日の利休揚げも、その店だから」

本日の小鉢は利休揚げの焼き物と切り干し大根。築地場外の花岡商店で仕入れる利休揚げは、大判でしっかりと味が付いている。何しろ、サッと焼いて切って出すだけで良いので大助かりだ。花岡商店はおでん種を商う店だが、はじめ食堂では夏場はおでんをお休みする。しかし白滝だけは年中無休で仕入れていて、「タラコと白滝の煎り煮」「豚コマと白滝の生姜煮《しょうがに》」は小鉢メニューの中で不動の人気を保っている。

はじめ食堂は佃島にあって、二三と一子の嫁姑《よめしゅうとめ》コンビで営んでいる、平凡な町の定食屋だ。ちなみに二人の名字は一。漢字で書くと一二三と一一子。夜は居酒屋になるが、店の中身は大して変わらない。肴《さかな》は手作りの家庭料理で、お相手はおばちゃん二人だけ。それでも今日までやって来られたのは、お客さんに支えられたからこそである。

そのお礼と感謝を込めて、嫁と姑は毎日、安くて美味《おい》しく身体《からだ》に良い食事作りに精を出しているのだった。


「こんにちは」

五時半開店の夜の部の口開けの客が入ってきた。

「いらっしゃいませ」

新顔だった。二十七、八歳の男性で、背丈は普通、やや痩せ形。ゆったり目のポロシャツの裾をズボンの外に出していた。席を決めかねて周囲を見回している。昔の洋食屋の名残で各テーブルに掛けられた赤白チェックのテーブルクロスに戸惑ったのかもしれない。

「どうぞ、お好きなお席に」

「カウンター、良いですか?」

「はい、どうぞ」

青年はカウンターの真ん中に腰掛けた。いつも夜の部にいの一番でやってくる辰浪康平の好きな席だが、はじめ食堂に座席指定はない。

「ええと……生ビールお願いします」

青年は飲み物を注文してからメニューを取り上げ、じっくりと眺めた。

二三が生ビールを出すと、一子がお通しの洋風おからの皿をカウンターに置いた。甘辛醤油味ではなく、玉ネギと挽肉《ひきにく》を入れて炒め、コンソメと塩胡椒《しおこしょう》で味を付けたおからである。おからで作ったコロッケの中身……と思うと分かりやすい。

「へえ、これ、美味しいですね。ご飯にも合いそう」

男はビールを半分ほど飲んでからおからを口に運び、珍しそうに皿を見直した。

「こちらが本日のお勧めになります」

二三は黒板に書いたメニューをカウンターに置いた。

「ナスの揚げ浸し……美味しそうだな。これと……冬瓜《とうがん》と茗荷《みょうが》のゼリー寄せって？」

「干し椎茸《しいたけ》を細かく切って入れてあるんです。中身を戻し汁と和風の出汁で煮て、ゼリーで固めたものなんですよ」

干し椎茸の濃厚な出汁と茗荷の爽やかさが冬瓜に染み込み、プルプルの食感をまとって口の中に広がる。夏の暑さを忘れさせてくれる一品だ。しかも作り置きが出来るのでありがたい。

「夏らしいですね。じゃ、このゼリー寄せ。あ、おたくコンビーフ入りのスクランブルエッグがあるんですか？　それも下さい」

男がメニューを置いたとき、辰浪康平が入ってきた。

「あら、いらっしゃい」

「生ビールね」

康平はちらりと男を見て、二つ置いた隣りの席に座り、メニューを眺めた。

「このお店、ちょっと変わってますね。ビニールのテーブルクロスが、洋食屋さんっぽいって言うか……」

「三十年前は洋食屋だったんですよ」

一子と、ホテルで修業した夫の孝蔵が佃に洋食店を開いたのが五十年前、孝蔵が急死し、一子と息子の高が家庭料理の食堂にチェンジしたのが三十年前、その高が亡くなり、嫁の二三がデパートを退職して食堂のおばちゃんに転職したのが十年前。はじめ食堂の歴史は結構長く、存外波乱に満ちている。

一子がカウンター越しにナスの揚げ浸しの皿を出した。これはナスを揚げて、めんつゆに漬けておく。家庭と違って食堂は揚げ物が定番なのでいつでも手軽に作れる。千切り生姜を載せて出すだけだが、昼の小鉢にも夜の肴にも使えて便利な一品だ。

「おばちゃん、ナスの揚げ浸しとゼリー寄せ。それとイカとブロッコリーの中華炒め」

康平はメニューを横目で見ながら一子に注文を告げた。

「了解。康ちゃん、最後はどうする?」

「当然、冷や汁」

「毎度」

康平は最後はご飯か麺類で〆《しめ》る。この時期は冷や汁がメニューにあれば必ず注文するのだ。

「冷や汁なんてあるんですか?　珍しいですね」

男が好奇心たっぷりの表情で尋ねた。

「季節限定メニューなんですよ。毎日じゃなくて、オムライス・深川めし・チャーハン・焼きおにぎり・バラちらしなんかと、代わりばんこに出してるんですけどね」

「わあ、どれも美味しそうですねえ。僕はオムライスと深川めしとバラちらしが食べてみたいな」

「お客さん、趣味が良いですね」

新顔の客は感じの良い青年だった。初めての店でもまるで構えたところがなく、かといって馴《な》れ馴れしくもなく、極めて自然体で振る舞っている。メニューに興味を持って質問し、あれこれ注文してくれるのだから、店にとっても良い客だ。

まったく初対面の客なのに、二三は何故《なぜ》か見知っている誰かに似ているような気がした。

「あ、僕、お酒にします。え〜と……田酒、下さい」

康平が思わずにやりとした。これは酒屋の若主人である康平が、自分が呑みたいのではじめ食堂に格安で卸した酒なのだ。

「こんばんは」

やがて六時を回ると、次々に常連客が現れた。魚屋「魚政」の主人の山手政夫、その幼馴染《おさななじ》みの後藤輝明、去年佃のマンションに越してきたばかりで「サンダル履きで行ける近所の店」を探していた料理研究家の菊川瑠美、その他の面々である。

「俺、スクランブル」

山手がメニューも見ずに注文すると、瑠美も続いた。

「ナスの揚げ浸しと、イカとブロッコリーの中華炒め下さい。今日は野菜に飢えてるの」

何しろ二人でやっている食堂なので、作り置きできるメニューが中心だが、常時炒め物と焼き魚を何種類かは入れてある。

今日は魚政で刺身用するめ烏賊《いか》を一杯九十八円で仕入れられたので、昼の日替わり定食でもイカとブロッコリーの中華炒めを出した。これも簡単で、ブロッコリーを切って下茹でしておけばあっという間に完成する。烏賊はわたを取って切る。皮は剝《む》かない。刺身用だからミディアムレアでも大丈夫。油でサッと炒めて酒と中華スープの素で味付けし、最後に片栗粉でとろみを付ける、これだけ。

「ああ、でも、烏賊の味が良く出ていて美味しい……」

新客の青年も結構なピッチで食べている。痩せているのにすごい食欲で、店に来てから一時間ちょっとの間に、もう何品食べただろう？

「お兄さん、冷や汁、量を半分にしてあげようか？」

心配して一子が声をかけたほどだ。

「大丈夫です。僕、大食いなんで」

しかし、青年は平然として答えた。カウンターに座っている康平は、ちらりと尊敬の眼差《まなざ》しを向けた。

「すみません、領収書もらえますか?」

入店からきっかり一時間半後に青年は帰っていった。

「いやあ、豪快だったねえ。あの人、フードファイターかなあ?」

康平は皿を片付けている二三に感に堪えたように言った。

「ほんと、ああいう人にリピーターになってもらいたいわ」

はじめ食堂のような庶民的な店で、一人で一万四百円も飲み食いしてくれたのだ。これまでの個人最高金額かも知れない。二三も思わず感嘆の溜息《ためいき》を漏らした。


「これ、おいくら?」

「一枚二百六十円。でも、デカイから半身で充分だと思うよ」

「そうねえ……。じゃあ十枚下さい」

二三は買い出しで築地の場外市場に来ていた。ここは丸福水産で、目の前にあるのは赤魚の開きだった。確かに鯖くらいの大きさだ。

「夏場はどうしても前に出せる魚の種類が少なくなってねえ。まあ、もう少し涼しくなれば、色々新しいのが出てくるから」

「助かるわ。うちで使えそうなのがあったら、教えてね」

二三は勘定を払い、魚のトロ箱を抱えて店を出た。波除《なみよけ》神社の通り沿いに店があるので、まず近くに車を停《と》めて荷物を積み、そのまま新大橋通りの近くまで運転して行って駐車する。そこから徒歩で花岡商店・鳥藤・うおがし銘茶と秋山畜産・越後水産を回って車に戻るのが、新しい買い出しのコースになった。

「こんにちは、はじめ食堂です」

「ああ、はじめさん。カラス鰈《かれい》と鯖の切り身とカジキマグロ、二十枚ずつね。八七四八円になります」

店の前に立つとすぐ、越後水産の主人が袋詰めにした品物を渡してくれる。煮魚用の魚はあらかじめ電話で注文しておくので、買い物の所要時間は一分弱だ。

最後の買い物を終え、通路を通り抜けるとき、ちらりとカ印商店の跡地に目を遣《や》った。今は通路を挟んだ向かい側の人気店「虎杖《いたどり》」の客席になっている。双方納得ずくで決めたことだろうから、赤の他人が感傷に浸る理由はないが、それでも二三は十年間買い出しに通った店が跡形もなくなってしまったことに、一抹の寂しさを感じてしまう。

「ただいま!」

買い出しから帰って店の戸を開けた途端、奥の階段の下でうずくまっている一子の姿が目に飛び込んだ。

「お姑《かあ》さん!」

二三は抱えていたトロ箱を取り落としそうになった。

「ああ、ふみちゃん」

一子は情けなさそうな顔で言った。

「階段、踏み外しちゃった。最後の段だから、たいしたことないけど……」

「と、とにかく救急車！」

「大袈裟《おおげさ》ね。大丈夫よ。ちょっと腰打って、足くじいただけだから」

「なに言ってるのよ、大変じゃない！　骨が折れてたらどうすんの？」

二三はすぐにスマートフォンを取り出し一一九番を呼び出した。

「火事ですか、救急ですか？」

「救急車お願いします！　姑《はは》が階段から落ちたんです！」

手早く住所と電話番号を伝え、通話を終えた。

「お姑さん、すぐ救急車が来るからね」

「何も、そんな大袈裟にしなくても……」

「救急とタダの外来じゃ、扱いが違うのよ。こういうときは救急じゃないと、後回しにされて症状が悪化しちゃうわよ」

一子がテーブルの上に放《ほう》り出されたトロ箱を見遣った。

「ふみちゃん、とにかく魚を冷蔵庫にしまわないと……」

「あ、うん」

二三はあわてて築地から運んできた魚を冷蔵庫と冷凍庫に突っ込んだ。車と冷蔵庫の間を二往復しながら、やっと少しばかり冷静さを取り戻した。

今日の営業は無理だろう。明日も分からない。だが、とりあえず魚を冷凍保存しておかないと。一度解凍してしまったら数日で使い物にならなくなる……。

救急車のサイレンが聞こえてきて、店の前で停まった。

「怪我人《けがにん》はどちらですか？」

救急隊員が二人、店に入ってきた。物慣れた態度で二三から事情を聞き、一子の怪我の程度を確認して、ストレッチャーに乗せた。

「いっちゃん、どうした？」

ストレッチャーが店の外に出ると、魚政の主人山手政夫が駆けつけてきた。年齢は一子より一回り下だが、五十年来のご近所同士で「いっちゃん」「政さん」と呼び合う仲だ。

「たいしたことないのよ。階段を踏み外してね」

「山手さん、お願いします。店に本日休業の張り紙、貼っといてもらえませんか？　私、これから病院へ付き添っていくんで……」

「ああ、いいよ。何かあったら病院から電話しな。出来ることは手伝うから」

「ありがとうございます」

二三はペコリと頭を下げ、救急車に乗り込んだ。

幸いにも、一子の怪我は軽い打ち身と捻挫だけだった。骨にも脳波にも異常はなく、その日の午後には家に帰ることが出来た。

「ああ、本当に良かった」

「ごめんね。心配掛けて」

一階は食堂で横になれるスペースがないので、帰宅すると二人で何とか二階へ上がった。打ち身も捻挫も湿布薬を貼って、安静にして回復を待つ以外に術《すべ》がない。

二三は布団を敷いて、とりあえず一子を横にならせた。

「明日から、店、どうしようか?」

「まあ、無理しないで、当分休みましょう」

「そんなこと言ったって……」

一子は顔を曇らせた。

「あたしなら大丈夫だよ。歩くのは辛《つら》いけど、立ってられないわけじゃないし、揚げ物や焼き物はじっとしてたって出来るんだから」

「お姑さん、打ち身は翌日の方が痛むのよ。無理はよしましょう。しっかり養生しないと、却《かえ》って長引くわよ」

「でもねえ、ふみちゃん。うちみたいな店が長いこと閉めてたら、お客さんが遠のくでしょう」

「大丈夫よ。お姑さんは元気だもん。長患いにはならないわよ」

無理に明るく言ったが、二三も内心不安だった。確かに年より若くて元気で、おまけに今でも往年の美貌の名残を保つ一子だが、八十二歳であることは変えようがない。転んだのがきっかけで寝付いてしまい、そのまま認知症が進んで寝たきりになってしまった年寄りの例を、いやというほど聞かされている。一子がそうならないという保証はない。

そのとき、階下から男の声がした。

「ごめんください！　俺、康平です！」

「いっちゃん、俺、政夫！」

二三と一子は一瞬顔を見合わせた。

「ふみちゃん、階上に上がってもらおう」

「そうね」

二階の座敷に通された山手政夫と辰浪康平は「お茶なんかいいから」と言って、一子の前に膝を揃えた。

一子は布団の上で半身を起こし、座椅子にもたれて座っている。

「いっちゃん、店、どうする？」

「今、ふみちゃんとも話してたとこなのよ」

一子はちらりと二三の顔を見て、山手に目を戻した。

「私は、お姑さんが完全に復帰できるまで、休もうと思うんです」

「まあ、それも良いかもな」

山手は気軽に頷いてから、一呼吸置いて続けた。

「どうだい、夜なら手伝うよ。店は、夜になりゃあカミさんと倅《せがれ》で手は足りるから。切りものと焼き方は任せてよ」

「俺、ランチタイム手伝いましょうか？　午前中は店も暇だし」

二三も一子も、胸がいっぱいになった。だが、同時にここで好意に甘えてはいけないことも肝に銘じた。食堂経営は見るのとやるのとでは大違い、かなりの重労働で、慣れも必要なのだ。気軽に飲みに来てくれる常連さんに、裏方の苦労を痛感させることは出来ない。

「ありがとうございます。お気持ちは一生忘れませんよ」

一子は二三と一緒に深々と頭を下げた。

「でも、やはり二人でやって来た店なので、また二人で出来るようにしたいんです」

山手も康平も一子と二三の気持ちを汲《く》んで、それ以上は強く言わなかった。が、康平が突然パッと目を輝かせた。

「そうだ！」

そして一子の布団にわずかに身を乗り出した。

「おばちゃん、万里をバイトに使いなよ！」

「え？」

顔を見合わせる一子と二三に、康平はさらに熱を込めて勧めた。

「あいつ、居酒屋や牛丼屋のバイト結構経験してるし、引っ越し屋もやってたから力仕事も出来るし、向いてるよ。根性無しだけど見た目はソフトだから、接客向きでしょう。おまけに今はまた仕事辞めて親の臑齧《すねかじ》ってんだから、いやとは言わせないよ。断ったら食堂出入り禁止にしてやんなよ。あいつ、生きていけないから」

一同は思わず笑い声を立てたが、それは実に的を射た提案だった。

赤目万里は二三の娘の要の元同級生で、大学卒業後に就職した会社をわずか一年で辞め、作家を目指すと称してフリーター生活を送っている青年である。中学校校長の父と高校教師の母を持っているので、定職に就かなくても一向に危機感を持っていない。

「おばちゃんが店に立てるようになったら、あいつをアシスタントにして、お運びとか洗い物とかさせれば良いんだよ。仕込みも手伝わせてさ。世の中の厳しさを身体に叩き込んでやんなよ」

「そうだ、それが良い！　あいつの今後の人生のためにも、はじめ食堂でバイトだ！」

こうして、本人の意思そっちのけで、万里ははじめ食堂でバイトすることに決まったのである。

その夜、珍しく八時前に帰宅した要は、店が閉まっていることに驚いて階段を駆け上がってきた。

「お母さん、おばあちゃん、どうしたの？」

布団に横になっている一子を見て、へなへなと座り込んだ。

「おばあちゃん……！」

一子は布団の中で照れ笑いを浮かべた。

「今朝、階段を踏み外しちゃったのよ。病院で検査したけど、打ち身と捻挫で、たいしたことないって」

「お母さん、どうして知らせてくれなかったの？」

要は二三を睨《にら》んだ。

「だって、知らせたって仕方ないでしょ。どうせ帰ってくりゃ分かるんだし。あんたも仕事中にヤキモキするの、いやでしょ？」

「そりゃ、そうだけど……」

二三は十年前までバリバリのキャリアウーマンで、帰宅時間は遅いし年に何回も海外出張に出掛けていたので、要は一子が育てたようなものだ。当然、大のおばあちゃん子である。

「あんた、ご飯は？」

「まだ。……あ、あり合わせで良いよ」

要は小さな出版社に勤務している。どこの出版社もそうだが、毎日遅くまで仕事を抱え、帰宅時間はほとんど九時過ぎで、食堂が閉店した後になる。いつもは食堂の余り物から自由に選んで夕食にするのだった。

「じゃあ、煮魚定食ね。夕方、三人分だけ煮たのよ。あとはゼリー寄せとポテサラ」

あのとき、カラス鰈を三枚煮るのについ大鍋を取り出してしまい、改めて食堂の仕事がすっかり習い性になっていることに気付かされた。調理の基本単位が四人分ではなく、十人、二十人分になっている。もしこの先、食堂を閉めるようなことになったら……？

「万里を使うの？　良いじゃない。あいつ、何の取り柄もないけど、結構味覚は鋭いわよ」

要の話し声で、二三はハッと我に返った。

「で、いつからお店開けるの？」

「明日の様子を見て決めようと思うの。おばあちゃんが店で揚げ物が出来るくらいに回復していたら、明後日から開けるわ。仕込みと雑用は万里君にやってもらう」

「万里はＯＫなの？」

「本人の意思は無視」

要はプッと吹き出した。

「今夜、万里に電話しとくよ。失業中だから断らないと思うけど」

疲れているはずなのに、何故かその夜、二三はなかなか寝付かれなかった。

眠れぬ夜、人は様々な想《おも》い出《で》が胸に去来するものだ。二三もまた過去の記憶が蘇《よみがえ》り、ますます目が冴《さ》えて何度も寝返りを打った。

十年前、高が五十三歳の若さで突然心筋梗塞に倒れたあの日……。衝撃は激しく、悲しみは深かった。そして、それが一段落したとき、新たな問題が浮上した。はじめ食堂をどうするか？

一子は夫と死別した後、本格的な洋食屋から家庭の味の食堂に方針転換して、息子の高と共にそれからの二十年、はじめ食堂を続けてきた。右腕の高を失っては、とてもこれまで通りに経営を続けることは不可能だった。

「店を閉めようと思うの」

初七日の後、一子は憔悴《しょうすい》しきった顔で二三に告げた。

「新しく人を雇って、また一から始めるのは無理だと思うのよ。あたしも七十二だしね」

「それじゃお姑さん、あたしが手伝う。続けようよ、食堂」

少しの迷いもなく、二三はそう口にしていた。高との結婚を言い出したときのように。

「だって、あんた、デパートはどうするの？」

「辞めるわ」

「でも、そんな、もったいないわよ。今まで頑張ってきて、もうすぐ部長だって言ってたじゃないの」

「うん。だからもう良いの。大東デパートに入って二十年以上、やれることは全部やって来た。もう思い残すことは何もないわ」

言葉に出して言うと、自分が何を求めているのかがはっきりした。子供の頃、母を失ってからずっと求め続けてきたもの……帰れる家、自分の家族。はじめ食堂を訪れ、一子と高に出会い、それを得たのだ。夫とその両親が守り育ててきた店、ご近所の人たちに長年愛されてきた店、それを失いたくなかった。

「ここがあたしの家なの。だから、あたしが守って行く」

一子は言葉もなく頷き、二三の手を取って涙を流した。

あれから十年、二三は自分の決断を後悔したことは一度もない。だが、あの時は考えの及ばなかった問題が、目の前に迫ってきている。もし、一子がいなくなってしまったら……？

「おばちゃん、具合どう？」

翌朝、早速万里が見舞いに訪れた。

「一晩寝たら、わりと良くなったの。歩くと多少痛いけど、立ってる分には大丈夫だから、料理は出来ると思うわ」

二三の目から見ても、一子の動きは昨日よりスムーズになってきていた。

「カウンターの端っこに椅子置いとくから、料理しないときは座って休んでね。立ってると腰が疲れるから」

「はいはい、試運転は慎重にやりますよ」

「……というわけで万里君、明日からお店開けるから、手伝ってね」

「はい」

万里は神妙な顔で頷いた。

「午前は九時半から二時半まで、午後は六時から九時まで。条件は時給千五百円、交通費ボーナス無し、賄い付き。どう？」

万里の家は徒歩一分のご近所である。

「いや、俺は良いけど、それだと一日一万二千円だよ。そんなに払って、店大丈夫なの？」

「その代わり、気合い入れて働いてもらうわよ。いつもみたいに途中で逃げ出したら、魚屋の大旦那と酒屋の若旦那にヤキ入れてもらうからね」

「もう、脅かさないでよ」

万里はいくらか怯《ひる》んだ様子で気弱な微笑を浮かべた。

「よし、決まり。ちなみに明日の日替わりは春巻です」

「えっ？　俺、大好き」

「賄いは食べ放題にしてあげるからね。頑張って働くんだよ」

「は〜い」


翌朝、万里は感心に九時半の五分前にやってきた。

「ご苦労さん。じゃあ、まず前掛け締めて、頭は三角巾で覆って。それから手を洗ってね」

万里には食堂のセットを頼んだ。台布巾でテーブルを拭き、調味料と割り箸を補充しておく。

二三はまず米を研いで浸水させ、タイマーを三十分かけた。

一子はガス台に載せた煮魚の鍋から丁寧にアクをすくい、味付けをした。魚は昨日解凍しておいたカラス鰈である。味噌汁《みそしる》の具材は豆腐と若布《わかめ》と油揚げ。味加減は一子が煮魚と一緒に担当するが、今日は具材だけは二三が切った。

「万里君、魚、焼ける？」

「火加減教えてくれれば」

万里は居酒屋でのバイト歴が豊富なので、グリルの火加減を教えるとすぐに魚を焼き始めた。今日は大きな赤魚の開きが半身付く。

二三はレタスをちぎって水に晒し、手早くキュウリと人参、玉ネギをスライスした。

「じゃ、お姑さん、こっちで座って春巻まこう」

冷蔵庫から取り出したバットには春巻の具が入っている。昨日のうちに作っておいたのだ。はじめ食堂の春巻は、戻してスライスしたたっぷりの干し椎茸・豚の挽肉・モヤシを炒め、酒と中華スープの素・椎茸の戻し汁を加えて多目の片栗粉で固めに仕上げる。大判の春巻の皮で包むと一本十二、三センチになるが、一人前三本付けている。干し椎茸を業務用スーパーで買ってくるので、贅沢感《ぜいたくかん》の割りに経済的な料理だ。

途中でタイマーが鳴った。二三は席を立って釜のガスに点火した。

春巻六十本を巻き終えた頃、万里も魚を焼き終わっていた。

「網は後で洗えばいいから、小鉢盛りつけてくれない？」

小鉢用の皿を棚から出し、白菜のお浸しとタラコと白滝の煎り煮の入ったタッパーを冷蔵庫から取り出した。夏は葉物が値上がりするので、一個で量の取れる白菜のお浸しの出番が増える。実は不測の事態に備えて、小鉢用の二品も昨日のうちに作っておいた。

レタスの水を切り、大ザルで野菜を混ぜ合わせ、サラダ用の皿に盛りつけ終わったとき、釜のタイマーが鳴った。炊き上がって蒸らしも終わったことを知らせる合図で、これからジャーに移す。この時点で味噌汁・焼き魚・煮魚・小鉢二品・サラダ、そして日替わり料理の準備が終わっていないと大変だが、今日もいつもと同じくうまく行った。二三は安堵《あんど》の溜息を漏らした。

「ああ、万里君、暖簾《のれん》出してくれる？　それと立て看板もお願いね」

二三が炊きたてのご飯の湯気を浴びながら指示した。

一子はお茶の準備を終え、冷蔵庫からゆずぽんの小瓶七本を出して各テーブルに一本、カウンターに二本置いていった。白菜のお浸し用だが、春巻にかけるお客もいる。また、お浸しにドレッシングをかける人も。

ご飯をほぼジャーに移し終えた後、底に残ったお焦げをしゃもじで剝がし、煎りゴマと塩を振っておむすびを三個こしらえた。

「はい、万里君、朝ご飯。ほんのおしのぎ」

「あ、どうも」

しゃもじに乗せた一番大きなおむすびを万里に差し出し、二三と一子もおむすびを手に取った。食べてお茶を飲み終わると十一時半ジャスト。いよいよ開店だ。

「いやあ、心配したよ」

「お店開いてて良かった。二日続けてコンビニ弁当だったのよ」

ランチタイムのお客さんは付近のオフィスで働くサラリーマンやＯＬが多く、地元の住民ではないがお馴染みさんだ。はじめ食堂が二日も休業したことを心配してくれた。

「すみませんでしたねえ」

「お陰さまで元気になりました。またよろしくお願いします」

一時を過ぎると、波が引くようにお客が少なくなる。

「あ〜、何とか一山越しましたねえ。やれやれ」

万里が大袈裟に息を吐いた。丁度お客の入れ替え時で、溜まっていた洗い物に取りかかったところだ。

「疲れた？」

「平気。牛丼屋で一人勤務したときはこんなもんじゃなかったもん」

「そりゃ頼もしい」

実際、飲食店のバイト経験は伊達《だて》ではなく、万里は仕事をそつなくこなした。食堂に限らずどんな仕事でも、まず始めにすべきことは、道具その他必要な物の置き場所を覚えること、そして作業の流れを把握することだ。流れが見極められるようになると、一々指示されなくてもその場に応じて用途に合った道具を選び、やがて使いこなせるようになってゆく。

万里ははじめ食堂の開店前の手順をたちどころに把握し、鍋・釜・什器《じゅうき》・食器などの置き場所もすぐに覚え込んだ。はじめ食堂の常連で勝手を知っていることを割り引いても、初日からこれほど使えるバイトは滅多にいない。

「万里君はすごいね。おばさんがここで働いた初日に比べたら、雲泥の差だよ」

「いやだなあ、急にどうしちゃったの?」

万里は照れながらも洗い物の手は休めない。

二三はふと、この器用さが万里にとって諸刃《もろは》の剣なのではないかと考えた。

器用貧乏と言えばいいのか、何処《どこ》へ行ってもすぐにそこそこ仕事が出来るようになるので、先が見えて飽きてしまう。そして嫌気が差して辞めてしまうのだが「仕事なんか、どうせまたすぐに見つかるさ」と思っている。事実、そうなのだろう。だが、二十五歳ならバイトはいくらでも見つかるが、四十五歳、五十五歳になったら難しい。まして時給が良くて待遇の良いバイトなど皆無だ。万里はそれを分かっているのだろうか?

あるいは、裕福な両親の庇護下にいなければ、もう少し危機感を持ったはずだ。一人で暮らしていれば、家賃が払えなければアパートを追い出される。だが、実家住まいの万里にその心配はない。

優しくて良い子なんだけど……。

二三はいつもの結論にたどり着く。良い子だが、人生を舐《な》めている。いつかしっぺ返しを喰《く》らうとは夢にも思っていない。人間、あっという間に年を取ってしまうのに……。

「こんにちは。おばさん、お加減如何《いかが》？」

ランチタイムの混雑を避けて一時過ぎから来店する常連組の、本日一番乗りは野田梓だった。

「ありがとう。何とか復帰できたわ」

「これ、お見舞いと復帰祝いね。桃」

梓はカウンター越しに果物の包みを差し出した。

「あらまあ、かえって悪いわ」

「気にしないで。千疋屋《せんびきや》で買ったわけじゃないから」

そしてカウンターの中で食器を拭いている万里に目を止めた。

「あら、お兄さん、手伝ってるの？　感心ね」

「当分の間、バイトに来てもらうことにしたの」

万里は愛想良く「よろしくお願いします」と挨拶し、頭を下げた。

梓は焼き魚定食を注文し、テーブル席に着くと、いつものように持ってきた手提げから文庫本を出して読み始めた。スッピンに黒縁眼鏡、Tシャツにジーンズ、サンダル履きと、中年女教師のような雰囲気だが、実は銀座の老舗クラブでチーママを務めている。

続いて入ってきたのはやはり遅いランチの常連、三原茂之だった。

「まあ、ご災難でしたが、大事にならずに何よりでした」

三原もそう言って佐藤錦《さとうにしき》のパックを差し出した。

「ありがとうございます。こんなお高いもの、かえって恐縮です」

「いえ、いえ。買ったんじゃなくてもらい物です。一人じゃ食べきれませんから、どうぞご遠慮なく」

三原は席に着き、考えた末に煮魚定食を注文した。冬はジャージにサンダル、夏になるといつも甚平に下駄履きではじめ食堂にやってくる。年齢は七十代半ば、穏やかで落ち着いた人柄である。

「あ〜、良かった。日替わりでなくて」

万里は春巻が三人前しか残っていないのでヤキモキしているらしい。

二三は一子の方を見た。注文がないのでカウンターの隅に置いた丸椅子に座って休んでいる。これからはこうした方が良いかもしれないと思う。なるべく体力を温存して、揚げ物に腕を振ってもらった方が……。

その日の営業は無事に終了した。

一子はランチタイムと夜と両方店に出たが、座る時間を多くしたせいか、身体の具合は悪くなさそうだった。

翌日も体調は悪化していなかった。騙《だま》し騙しではあるが、店で働きながら、徐々に快方に向かっていく様子だった。


そして、翌週初めの月曜日、事件は起こった。

五時半に夜の部を開店すると、いつものように辰浪康平が一番にやってきた。

「こんにちは。よう、万里。真面目《まじめ》に働いてるか？」

「もう、みんなしてバカの一つ覚えみたいに言うんだから」

万里はうんざりした顔でカウンター越しにおしぼりを出した。万里がバイトを始めてから、山手まで毎晩呑みにやって来ては「真面目に働いてるか？」を連発するので、少々お冠なのだ。

「それがもう、大車輪で働いてくれるの。見直しちゃったわ」

一子が生ビールのジョッキをカウンターに置いた。今も注文がないときは隅の丸椅子に座るようにしている。

「器用だし、覚えが早いし、愛想も良いしね。この仕事、向いてるんじゃないかって思うのよ」

二三も突き出しの和風トマトを出しながら万里を持ち上げた。横では万里が得意げに鼻をうごめかせている。

和風トマトとは、賽《さい》の目に切った冷やしトマトの上にみじん切りの玉ネギ（水で晒して少し辛味を抜く）を載せて三杯酢をかけた品で、爽やかな風味が夏にぴったりだ。

「え〜と、本日のメニューは……」

康平が品書きをチェックしていると、戸が開いてＯＬ風の女性が二人で入ってきた。二人とも二十代で、初めて見る顔だった。

「こんばんは。いらっしゃい」

万里が早速席にすっ飛んでいっておしぼりを渡した。どちらの女性もなかなか可愛《かわい》らしい。二人は生ビールを注文した後、肴をどれにしようか、あれこれ相談を始めた。

「今日は、刺身はヒラメの良いのが入ってるんですよ。後、ゼリー寄せなんかお勧めです。揚げ物はナスの挟み揚げ。今が旬の季節限定メニューです」

万里がしたり顔でお勧めメニューの説明をすると、女性たちは素直にお勧めを注文した。

「康ちゃんもお刺身、どう？　政さんがわざわざ切ってから持ってきてくれるの。うちで切るよりずんと上等よ」

「へえ、おじさん、良いとこあるんだな」

一子と康平がそんなやりとりをしているうちに、また女性二人組が入ってきた。今度も二十代だった。

「いらっしゃいませ。どうぞ、空いているお席に」

その夜は異常だった。それから一時間もしないうちに、若い女性客二人連れがさらに三組来店し、五卓あるテーブル席がすべて可愛い女性で埋まってしまったのである。

途中でやって来た山手と後藤は康平と並んでカウンターに座ったが、後からやって来た男性の常連客は、店の中を見て仰天し、すごすごと引き返した。

「何だい、今日はどうしたんだよ、急に？」

山手がそっと康平に耳打ちした。

「花園ですね。いつもはしょぼくれたオヤジばっかなのに」

「俺の魅力がギャルを呼び寄せたんですよ」

注文の品を運んで戻ってきた万里が、減らず口をたたいた。

二三はそっと一子の顔を見た。一子も二三と同じことを考えていたらしく、わずかに眉をひそめた。

最初の二組までは、殺風景な店に花が咲いたようで大歓迎だった。だがテーブル席がすべて女性の二人客で占拠されてしまったのは困りものだ。これでは常連さんが入れない。そして常連客は混み合えば相席をしてくれるが、見知らぬ客同士を相席にさせるわけには行かない。はじめ食堂のテーブルは四人掛けが五卓なので、最大二十人腰掛けられるところを、十人でお終いになってしまうわけだ。

「お嬢さんたち、うちみたいなおじさん専門店に、どうして来て下さったの？」

ナスの挟み揚げの皿をテーブルに運んだとき、二三は女性客の一人に聞いてみた。

「トーマのブログに書いてあったんです」

「トーマ?」

女性客はバッグからスマートフォンを取り出し、件《くだん》のブログを映してくれた。

「当麻清十郎《とうませいじゅうろう》。覆面ブロガーで、今大人気なんですよ」

「政治からファッションまでネタは豊富なんだけど、最近は食べ歩きの記事が面白いのね。そこにはじめ食堂のことが載ってて……」

二三は別のテーブルの女性客にも聞いてみた。

「お二人も、そのブログをご覧になって来て下さったんですか?」

「ええ。私たち、トーマの大ファンなの」

女性たちは無邪気な顔で、一斉に頷いた。

なるほど、彼女たちが注文した品は、個人差はあれ、その当麻清十郎がブログに掲げている品ばかりだった。

「チェッ、なあんだ。俺の魅力に惹《ひ》かれたんじゃなかったんだ」

女性たちが全員帰ると、皿を片付けながら万里がぼやいた。

「困ったことになったわね」

一子がボソッとつぶやいた。

「どうせああいう子たちは一期一会で、リピーターにならないもの。そのために常連さんが入れないようなことが続いたら、困るわ」

「大丈夫よ、お姑さん。多分今日だけだと思うわ。明日からは、また元通りよ」

「だと良いけど」

「俺は二組くらい常連になって欲しいな。奥のテーブルにいた二人と、真ん中の眼鏡かけてた子……」

万里は混ぜっ返しながら、手際よく鍋を洗った。

「ただいまあ……」

二三が暖簾と看板を仕舞っていると、要が帰ってきた。

「万里、お疲れさん。あんた、すごい役に立ってるんだってね。見直しちゃったよ」

「どんなもんだい」

「お腹《なか》空いたあ〜。今日の日替わりなんだっけ?」

要はそれ以上相手にせず、カウンターの中を覗き込む。

「ナスの挟み揚げ。万里君、もう良いから晩ご飯にしましょう。お腹空いたでしょう?」

「はい。おばちゃん、俺、海老フライ揚げてもらえます?」

要は店仕舞いしてから晩ご飯で、昼間の賄いを食べた万里も一緒にしっかり食べる。だが、二三と一子は昼間の賄いでお腹が空かず、小鉢をつまむ程度しか食べられない。さすがに若者は新陳代謝が活発だ。

「今日は、当麻清十郎ってブロガーのファンが押しかけてきて、もう店ん中花盛り……」

万里が今夜の出来事を話すと、要は驚いた顔をした。

「あらあ、奇遇ねえ。私、今度当麻清十郎の担当になったのよ」

当麻のブログは人気が高いので、要の勤める出版社では本にまとめて出版する運びになったのだという。

「どんな奴、そのブロガー？」

「いい人よ。全然カッコつけたとこがなくて、明るくて、正直で」

「それって俺のこと？」

「もう、ほんと、昆虫よりバカ」

万里が来てから夜のご飯の席は毎回こんな調子だ。


『ああ、お母さん？　これから二人、入れる？』

その週の金曜日、要から電話があった。丁度カウンターが空いたところだった。

「カウンターになるけど、良い？」

『うん。じゃ、すぐ行くから』

ものの五分もしないうちに、要が連れを伴って店に入ってきた。

「あらっ?」

いつかの大食い青年ではないか。

「こちら、ブロガーの当麻清十郎さん」

「こんにちは。いつぞやはどうも……」

当麻は深々と二三に頭を下げた。

「僕がブログに不用意なことを書いたせいで、お店にご迷惑をお掛けしたみたいで、すみませんでした」

「いいえ、そんな、とんでもない」

はじめ食堂が若い女性で埋まったのはあの日だけで、その中の一人は別の友人を連れて裏を返してくれたのだ。それにあの〝事件〟は常連客の間で話題になってけっこう盛り上がった。

「むしろ、お礼を申し上げないと。こんな店に可愛い女の子がいっぱい来てくれたんですから」

「そう仰《おつしや》っていただけると、気が楽になります」

これまではブログに店のことを書いても、ファンが二、三人立ち寄る程度で、大量に押しかけるようなことはなかったという。

「僕自身すごくこのお店を気に入ったんで、力が入りすぎたのかな。お店によってはメディアに露出するのが迷惑な場合もあるって、気付くべきでした。これからはキチンと配慮しようと思います」

二三はほとんど感動した。当麻の態度は折り目正しく誠意が感じられ、しかもあくまでも爽やかなのだ。

要の眼差しも心なしかトロンとしていた。生ビールを三口しか飲んでいないので、まだ酔ってはいない。

「それにしても、当麻さんのブログの影響力は大したものですね。若い世代の新しいカリスマってA新聞に書かれるわけですわ」

「そんな、大袈裟ですよ。せいぜいお神輿《みこし》じゃないですか。担がれて、放り出される……」

「そういうクールな分析が、またカッコ良いんですよ」

要は担当編集者として当麻にお世辞を言っているのではなく、本気でそう思っているように見えた。

「ねえ、お母さん、今日のお勧めは何？」

「シマアジのお刺身かな。山手さんのお勧めだから」

「他には？」

「ゼリー寄せと和風トマト、赤魚の粕漬《かすづ》け、あとはナスとピーマンと鶏肉《とりにく》の味噌炒め」

「あ、美味しそう。それ、全部下さい」

当麻が目を輝かせた。横で要がうっとり眼《め》を細めている。

一子がゼリー寄せと和風トマトを皿に盛って出した。万里は赤魚をグリルで焼き始めた。

二三は炒め物に取りかかった。サラダ油で小さめに切った鶏もも肉を炒め、塩胡椒して酒をたっぷり振りかける。次にざく切りの茄子を入れ、ほぼ火が通ったところでピーマンを入れる。味噌・砂糖・豆板醤を中華スープで溶き、具材にかけて混ぜ合わせる。ピーマンは歯ごたえが残る半生で良い。タレのピリ辛味噌味でご飯が進む一品で、豚肉より鶏肉の方が合うようだ。

「ほんとだ！　すみません、ご飯下さい！」

当麻が手を上げた。まことに見事な食べっぷりで、しかも掻き込んでいるのではなく、おしゃべりと酒を楽しみつつ、なお健啖《けんたん》でパクパク食べてゆく。ポテトサラダ、中華風冷や奴、タラコと白滝の煎り煮、そして……。

「海老フライ、もらえますか？　手作りのタルタルソースって、是非食べてみたいんです」

「それ、うちの自慢なんです。おじいちゃんが有名な洋食屋をやってた頃から引き継いだ、伝統の味」

「えっ？　それ、どういうストーリーなの？」

空いた皿の数が増すにつれ、要と当麻の会話も親しげになっていった。要は酔いのせいではなく、とろけそうな表情をしている。

これは危ない……二三の母親としての直感が告げていた。

横では万里が明らかに苛立《いらだ》っていた。洗い物をする手つきがいささか乱暴だ。その様子を横目で見て、二三はもう一度娘と当麻に目を戻した。二人の姿に、苦い想い出が胸にこみ上げた。

昔は私もああだった……。

「……ったく、見ちゃらんないよ。デレデレベタベタでさ」

その夜、閉店後にコンビーフ入りスクランブルエッグを主菜に賄いご飯を食べながら、万里が苦々しげに言った。

「別に特別好《い》い男じゃないけど、要は気に入ってるのかしら？」

一子はお茶を飲みながら不思議そうに首をかしげた。

要は当麻を見送ると、さっさと二階へ上がってしまい、食堂に残っているのは三人だけだ。

「ブロガーなんて、日記公開してるだけだろ？　それでカリスマなんて、笑っちゃうぜ」

二三は思わず笑いを漏らした。

「だって万里君、作家を目指してるんでしょう？　どっちも文筆業なのに、そうボロクソに言うことないじゃない」

「おばちゃん、小説とブログは別もんだよ」

万里はムッとして言い返した。

「俺も当麻のブログ検索して読んだけど、要するに世の中の現象にテキトーなコメントしてるだけでさ、自分で何かを創造してるわけじゃないんだよ。人のフンドシで相撲《すもう》取ってんだよ」

万里は忌々しげに言いつのった。

「人気の食べ歩きなんか、もろサイテー。山手線全駅駅そば食べ比べとか、東海道線駅そば完全制覇とか……バカじゃねえの？　大の大人がやるかよ、まったく」

「あんたにそんなこと言う資格ないよッ！」

上から声が降ってきた。見ると、階段の途中に要が立って、万里を睨んでいた。すでに化粧を落としてスッピンだが、ほとんど「逆上」に近い顔つきだ。そのまま階段を下りて食堂に立ち、サンダルをつっかけて万里の前にやってきた。

「要、酔った勢いでけんか腰になるんじゃないの。朝になったら後悔するわよ」

だが、要は母親の言葉など耳に入らない様子だ。

「山手線や東海道線の駅そば食べ歩きが下らないって？　じゃあ、あんた同じこと出来る？　当麻さんはあのブログ書くために、途中何度も駅のトイレで喉に指突っ込んで吐いたんだから。吐いて、また限界まで食べ続けたのよ。下らないかも知れないけど、書くために身体張ってんのよ。親の臑齧って楽なバイトのハシゴしてるあんたに、当麻さんをバカにする資格なんかないわ！」

一気にまくし立てると、後も見ずにまた階段を駆け上がってしまった。

万里は口惜《くちお》しそうに頰を震わせている。言われた内容に悔しがっているのではなく、要が当麻のためにムキになって食ってかかったことに傷ついているのだ。

二三は小さく溜息を吐いた。

「勘弁してやってね。あの子、当麻って人が好きなのよ。だから頭に血が上ってるの」

「……あんなこと言わなくても良いのに」

「でも、事実でしょ」

「おばちゃん……」

万里は恨みがましい目つきで二三を見た。

「あんなこと、みんな思ってるわよ。だけど、面と向かって非難したのは、恋に目が眩《くら》んで後先が見えなくなっているからなの。その点はお詫《わ》びするわ」

「要はあの人の何処《どこ》が良いのかねえ？　そんなに好い男だとは思えないけど」

「お姑さんは若い頃からすごい美人だったから、ある意味男の魅力に鈍感なのよ。亡くなったお舅《とう》さん以外、ときめいたことないんでしょ？」

「だって、うちの人はそりゃあ好い男だったもの」

往年の〝佃島の岸惠子〟はにっこり笑って目を瞬いた。

「じゃあ、おばちゃんは当麻がすごい好い男だと思うわけ？」

二三は深刻な顔で頷いた。

「あれは、正真正銘、超一流の女たらしよ」

「まさか！」

万里と一子はほぼ同時に言った。

「私は昔、一度だけ超一流の女たらしに会ったことがあるの」

それは三十年前、二三が大東デパートに就職して四年目だった。数々の商品企画を立ち上げ、カリスマバイヤーとして名を馳《は》せていた真崎悠介《まさきゆうすけ》のアシスタントに採用され、初めての海外出張へお供することになった。アシスタントと言っても、実際は荷物持ち兼雑用係だったが、二三は体力と根性とセンスを気に入られ、さらに「倉前（二三の旧姓）といると女といる気がしなくていい」という不名誉な理由で、以後真崎の専属アシスタントを務めることになった。

「その真崎部長が、超の付く女たらしだったのよ」

真崎は当時三十八歳。所謂《いわゆる》イケメンではなく、せいぜい〝好感の持てる〟くらいの容姿だった。しかし、業界のカリスマと謳《うた》われる人物だけに強烈なオーラがあった。そしてそれとは別に、女性にだけ効く不思議な力を持っていたのである。

女たらしというと、人は上手く女を口説いてものにする男と思うだろう。だが、実はそれは二流に過ぎない。超一流の女たらしというのは、本人は何もしないのに女の方から寄ってきて、その気になってしまう。女の方で勝手にたらされてしまうのである。

二三はその現場を目の当たりにして目を疑った。何しろ、金額や日程や商品に関する極めてビジネスライクな話をしているうちに、女の眼がトロンと潤んでくるのだから。それはもはやフェロモン、あるいは魔力としか言いようのない現象だった。

だから真崎はどんな時でも極めて正直で自然体だった。これと思った美女は、みんな向こうから胸に飛び込んできてくれるのだから、嘘《うそ》を吐《つ》く必要もないし、カッコつける必要もない。結果的に、常に正直で素直で〝ありのまま〟だったのである。

「おばちゃんは、たらされなかったの？」

「私だってご多分に漏れず、たらされちゃったわよ。ただ、絶対相手にされないって分かってたから、なるべくそういう素振りを表に出さないように気を付けてただけ。色気出しても鬱陶しがられるだけだしね。アシスタントをクビにされたくなかったし、あの頃はそばにいられるだけで幸せだったもの」

叶《かな》わぬ恋、不毛な恋と知りながらも、二三は真崎を思いきることが出来なかった。常に身近にいて、その手腕と才能を見せつけられていたせいもあるかも知れないが。

だがその恋も、四年目に入った夏に転機が訪れた。

「部長が忘れ物をして、奥さんが空港まで届けに来たの」

真崎の妻は元は大東デパートの社員で、大学在学中にミス東京に輝いた経歴の持ち主だった。美人揃いで有名な大東デパートの女子社員の中でも別格の存在で、その美貌伝説は二三が入社したときでも生きていた。それが……。

「……もう、見る影もなかったわ」

無惨、としか言いようがなかった。骨格は変わらないから、往年の美貌を偲《しの》ぶよすがとなっていた。だが、それは古代遺跡と同じく、残骸でしかない。真崎の妻の、皮膚に刻まれた深い皺《しわ》と怨念に凝り固まった表情は、ノーメイクでホラー映画に出演できそうなほどだった。一時の遊び相手にすれば最高だった男を、生涯の伴侶に選んでしまった女の悲劇が、如実に表れていた。

「ああ、これがこの男の正体なんだって思った。世の中で一番大事にしなければいけない女を、こんな姿に変えてしまう……」

その時、まるで潮が引くように、スーッと全身から真崎に対する恋心が引いていった。

「ああ、終わったなって、その時はっきり分かったの」

その時のヨーロッパ出張では、真崎のプランや交渉術にいくつかの違和感を感じた。自分ならこうするのに……と思い始めていた。

「日本へ帰ってきてはじめ食堂へ行ったら、冷やしナスうどんがメニューにあってね。美味しかったなあ。ツルツルって一気に食べたら、恋の魔法はもう、跡形もなく消えてたわ」

真崎はその年、独立して自分の会社を立ち上げた。二三も誘われたが断った。それからは大東デパートで腕を磨き、真崎とは別の道を歩きながら足跡を残してきた。

「次の年の春に、タカちゃんにプロポーズして結婚したわけ」

「……そうだったんだ」

万里が感心したように頷いた。

「だから、時機が来るまではどうしようもないのよ。端から誰が何を言っても無駄。自分で気付くまでは」

「要もあんたみたいに、四年も五年も当麻さんに夢中になるんだろうか?」

「さあ、それはなんとも言えないわ。でも……」

二三は一子と万里を等分に見比べた。

「今は見守りましょう。この先どうなるかを」

当麻は真崎とは違う人間だが、次々と蝶《ちょう》を招き寄せる危険な花であることは同じだった。付き合いが長くなればなるほど、女の傷は深くなる。

「明日は、冷やしナスうどんにしようか？」

思いついたように一子が言った。

「そうね、そうしましょう」

第五話　幻のビーフシチュー

「えっ？　ほんと？」

「やった！」

ランチタイムに「はじめ食堂」にやってきたＯＬ三人組がはしゃいだ声を上げた。

今日の定食の小鉢は揚出し豆腐と白菜のお浸しなのだ。

「すごい、おばちゃん。料亭みたい」

「それは褒めすぎ」

二三は苦笑したが、内心は満更でもない。七百円の定食で小鉢に揚出し豆腐を付けるなんて、たいしたもんだと思っている。

彼女たちはそれぞれ焼き魚定食、日替わり定食のＡとＢを注文した。

「最近、日替わりも二種類になったのね」

「新戦力が良く働いてくれるから」

二三がちらりとカウンターの万里を見ると、ＯＬ三人もつられて視線を動かし、感心した顔になった。

そう、万年ニート青年だった赤目万里がはじめ食堂でバイトを始めて早くも一ヶ月が過ぎた。居酒屋のバイト経験がものを言い、最初から使える人材だったが、今や水を得た魚のようだ。調理も教えればすぐマスターしたし、味付けのセンスも非常に良い。本人もお客さんの反応がダイレクトに返ってくるのが面白いらしく、毎日やる気満々である。

お陰でチキン南蛮・アジフライ・コロッケ・烏賊《いか》フライ・メンチカツ・サーモンフライと、ほとんど揚げ物で回していた日替わり定食のメニューが豊富になった。

今日の日替わり定食は麻婆茄子《マーボーなす》と鶏《とり》そぼろ丼。

麻婆茄子は縦四つ切りにした茄子をあらかじめ素揚げしておき、注文が入ると合い挽《び》き肉と炒《いた》め合わせて作る。調味料はニンニクと生姜《しょうが》のみじん切り・豆板醤《トウバンジャン》・甜麵醤《テンメンジャン》・中華スープの素《もと》・酒・塩・胡椒《こしょう》、最後に長ネギのみじん切りを入れ、片栗粉《かたくりこ》でとろみを付けて完成。

鶏そぼろ丼は読んで字のごとく。炒《い》り卵を作り、鶏挽肉に醤油《しょうゆ》・砂糖・酒を加えて炒り煮する。注文が来たら器……はじめ食堂では丼ではなくスープ皿を使う。この方が具材がたっぷり載せられるので……にご飯を盛り、炒り卵と鶏挽肉を載せるだけ。半月形にするより、同心円の形にするとおしゃれだ。

しかし、何と言っても本日の目玉は焼き魚定食・サンマの南蛮漬けだろう。四尾一パックで二百四十円。こういう目玉商品を仕入れて節約することにより、小鉢に揚出し豆腐が付けられるのである。

「なるほどねえ」

昨日の賄いの時間、築地場外で仕入れてきたサンマの南蛮漬けを前に二三が熱弁を振るうと、万里は殊勝に頷《うなず》いた。

「お浸しにホウレン草じゃなくて白菜を使うのも節約のため。夏は葉物が高いでしょ。しかもホウレン草なんか、茹《ゆ》でたら半分以下になっちゃうし。そこ行くと白菜は一カブせいぜい五〜六百円で、たっぷり三十人分は取れるわけ」

「おばちゃんも色々考えてんだねえ」

「そうよ。何しろ経営者ですからね。経費と利益、常にこのバランスが大切なのよ」

一子がプッと吹き出した。

「そんなこと言って、ふみちゃんいつも出血大サービスしちゃうじゃないの」

「そうなのよねえ。私、美味《おい》しいものはたっぷり食べさせてあげたい主義なのよ」

「でもそういう精神、大事だと思うわ。食べ物屋って、基本的に食べることと食べさせることが好きじゃないと、務まらないわよ」

「そんじゃ、おばちゃんたちどっちも天職だね」

「そう、そう」

二三と一子は同時に頷き、ユニゾンで答えた。

「サンマと麻婆茄子……どっちが良いかなあ？」

いつも通りランチタイムが一段落した一時十五分過ぎにやって来た三原茂之は、品書きを眺めて考え込んだ。

「サンマになさるなら、麻婆茄子は別に小鉢でおつけしますよ」

「おや、それはどうも。悪いですねえ」

いえいえ、どうせ六十円ですから……と二三は心の中で言った。三原は十年来の常連で、人柄も良い。ついサービスしたくなる。

「ねえ、ふみちゃん、もう鰯明太子《いわしめんたいこ》は出さないの？」

こちらは三十年来の常連客、野田梓が尋ねた。食べているのは焼き魚定食で、もちろん麻婆茄子を小鉢でサービスしてある。

「あれねえ。ほら、どうしても形が小さめでしょ。しかも鰯だし。七百円もらいづらいのよねえ」

鰯明太子とは頭を落とした鰯の腹に明太子を詰めた焼き魚用の加工魚で、鯖《さば》やホッケや鯵《あじ》の開きに比べるといかにも貧弱で見劣りがする。かと言って鰯明太子のときだけ焼き魚定食を五百円にするわけには行かない。仕入れ値はあまり変わらないのだ。

「そっか……。あたし、あれ好きなんだけど」

「じゃあ、明日築地に行ったら野田ちゃんの分だけ買っとくよ」

「えっ？　良いの？　嬉《うれ》しいな」

梓は魚好きで、中でも青魚が大好物なのだ。

「あのう、厚かましいようですが、僕の分もお願いします」

三原が遠慮がちに声をかけた。

「はい、どうぞ。おやすい御用ですよ」

二三が笑顔で答えたとき、ガラリと戸が開いて麻の背広姿の男が入ってきた。

年齢六十歳前後、身長は百七十にちょっと足りないくらい。がっしりした身体《からだ》つきで、全身から威圧感……良く言えばオーラ……を発していた。背広もワイシャツも明らかにオーダーしたものだ。腕時計はいかにもな高級品の代表ロレックス。開け放した戸の向こうに見えるのは公道に停《と》めた黒塗りの車と、制服制帽姿で最敬礼する運転手の姿だった。

新顔の客は後ろ手に戸を閉め、一歩店の中に踏み出すと、ぐるりと周囲を見回し……正確に表現すれば「睥睨《へいげい》」した。

「いらっしゃいませ。どうぞ、お好きなお席に」

「ここ、元は洋食屋だったでしょう？」

客は野太い声で尋ねた。その口調には何処《どこ》か非難がましい響きがあった。

「はい。舅《ちち》の代まではそうだったんですが……。お姑《かあ》さん？」

一子がカウンターから外に出て来た。

「いらっしゃいませ。お客さん、以前うちに？」

「もう四十年近く前です。あの時のご主人はお元気ですか？」

一子を見て、客はわずかに表情を和らげた。

「それはありがとう存じました。主人は三十年前に亡くなりましてね。それから私と息子と二人、家庭料理を出す食堂に変えてやって来たんですよ。その息子も十年前に亡くなって、それからは嫁と私の二人三脚で……」

「……そうでしたか」

客は残念そうに溜息《ためいき》を吐《つ》き、空いているテーブル席にどっかと腰を下ろした。

「今もビーフシチューはありますか？」

「申し訳ありません。何しろ素人二人組の再出発でしたので、昔主人が作っていたメニューはほとんどやめてしまったんです。残っているのはトンカツと海老フライくらいで……たまにハンバーグも出しますが」

客は再び大袈裟《おおげさ》に溜息を吐いた。

「実に残念だ。おたくのビーフシチューはまさに絶品で、もう一度食べられる日を夢にまで見ていたのに」

「そんなに好きならさっさとリピートすりゃ良かったのに。ビーフシチューくらいさ」

カウンターの中で万里が小声で囁《ささや》き、二三は黙って大きく頷いた。

「仕方ないな。では、海老フライを」

客が横柄に注文すると、万里が再び囁いた。

「仕方ないなら喰《く》わないで帰れよ」

「そうだ、そうだ」

二三も客席に聞こえないように小声で賛同した。

「小鉢に揚出し豆腐が付きますが、もし揚げ物が重なってお嫌でしたら、納豆か冷や奴《やっこ》にお取り替えしますよ」

しかし、一子はあくまでも愛想良く尋ねた。

「いや、揚出しでけっこう」

客は横柄な態度を取った割りには、出された海老フライ定食をもりもり平らげた。しかし、誰もが絶賛する手作りタルタルソースの美味しさには、ひと言も触れず終《じま》いだった。

客はお茶を飲むと上着の内ポケットから金のシガレットケースを取り出し、煙草《タバコ》をくわえてデュポンのライターで火を点《つ》けた。普通の紙巻き煙草ではなく、細身の葉巻だった。深々と煙を吸い込み、美味《うま》そうに吐き出してから、カウンターに向かっておもむろに口を開いた。

「私が前にこの店に来たのは、そう……もう、四十年も昔です。冬の、寒い夜でした」

一子は目を瞬《しばたた》いて、カウンター越しに改めて客の顔を見つめた。

「ご立派になられてお見それしてしまったようで、相済みません」

客はあわてて首を振った。

「いえ、見覚えがないのは当然です。私はお客で来たんじゃありません。お宅の御主人に……拾っていただいたんです」

「は？」

一子は思わずカウンターを出て客の前に立った。二三と万里も仕事の手を止めて耳をそばだてた。

「申し遅れましたが、私は平大吉《たいらだいきち》と云《い》います。平興産という不動産会社の経営者です」

二三はその名前に聞き覚えがあった。マンションやショッピング・センターの開発・売買を行っている不動産デベロッパーで、大手ではないが中堅クラスである。

「孝蔵さんとお目にかかったのは、福岡の高校を中退して東京に出て来て四年目、十九歳の時でした。上京してからすでに三回も勤め先を変えていました。つまらないことで諍《いさか》いを起こしたり、嫌気が差して飛び出したりで……。その時は住み込みで大きなキャバレーのボーイをやっていました」

平の父は中学一年生のとき交通事故で亡くなり、母は間もなく再婚した。平は義父との折り合いが悪く、それもあって高校一年で家出同然に東京へ飛び出した。しかし、学歴も職能もコネもない少年に出来る仕事など限られている。平は現実に絶望して自暴自棄になっていた。

「酔っぱらった客に絡まれて、ついカッとして、殴り返してしまいました。客はぐったりして動きません。死んだのだと思い、私は夢中で店を飛び出しました」

何処をどう走ったのか、気が付けば佃島にいた。佃大橋を渡ったすぐ東にある住吉神社の境内に、ただ茫然《ぼうぜん》と佇《たたず》んでいたのだった。

「もう死ぬしかないと思い詰めましたよ。その時……」

一子の亡夫・一孝蔵は仕事を終え、日の出湯で終い湯を浴びて帰る途中、住吉神社にお参りに立ち寄った。信心深い質《たち》で、通りすがりにある神社やお稲荷《いなり》さんには、必ず足を止めてちょっと手を合わせるのが日課だった。深夜の境内に俯《うつむ》いて突っ立っている青年を見て、不審に思って声をかけた。

「兄さん、どうした？」

その声に平は振り向いた。

「私はよほど思い詰めた顔をしていたのでしょうね。孝蔵さんは、クスッとおかしそうに微笑《ほほえ》みました。すると、何だか私は身体中から力が抜けていくような気がしたものです」

孝蔵は自然な態度で平に近づくと、気軽な調子で言った。

「なんだよ、シケた面してるなあ。彼女に振られたか？　それとも馬券が外れて給料スッちまったか？」

あまりにも気軽に言われたものだから、平も拍子抜けして、素直な気持ちに立ち返ったのだろう。自分の来し方行く末を思い、悲しくて情けなくて、泣きたくなった。

「そんな格好でいたら凍え死ぬぜ。うちの店はすぐそこだ。ちょっと寄って暖まっていきな」

そうして連れてこられたのが洋食屋時代のはじめ食堂だった。

「もうお店は閉まっていましたが、中に入れて暖房を点けて、残り物だというビーフシチューを食べさせてもらいました。美味かったなあ……。生まれてから、あんな美味いもの喰ったのは初めてでしたよ」

平はその味を思い出すように、うっとりと眼《め》を細めた。

「腹がいっぱいになると、私はつい胸の裡《うち》を吐き出していました。このまま一生道端の雑草のように、踏みつけられるだけで終わってしまう人生がやりきれないと、ほとんど見ず知らずの孝蔵さんに、涙ながらに訴えていました」

孝蔵は黙って平の話を聞いてくれた。そして聞き終わると、正面から平の顔を見て言った。

「兄さん、下積みのまんま終わりたくないなら、人より腕を上げるしかない。技術でも、知識でも、とにかく人に勝るものを身に付けなけりゃ話にならねえ」

孝蔵の言葉には有無を言わさぬ迫力が宿っていた。

「そのためには三年だ。三年辛抱しな。ねぐらと給料がもらえる職場で。そこで働いている間に、独学でも良し、専門学校へ行くも良し、とにかく資格を取ることだ。次はその資格を生かせる職場へ移る。他に兄さんが浮かぶ瀬はねえよ」

平は催眠術に掛かったように頷いていた。確かに自分が今より少しでもましなポジションに上がりたいなら、それ以外に道はないような気がした。

しかし、そうなると気になるのはキャバレーでの騒動だった。

「喧嘩《けんか》両成敗だ。一緒に行って謝ってやるから、ちょっと待ってな」

孝蔵はまたしても気軽に言って立ち上がった。

「幸い、客はただの脳震盪《のうしんとう》で、命に別状はありませんでした。孝蔵さんの口添えもあり、大事にならずに済みました」

ただ、キャバレーはクビになった。

「もっけの幸いじゃねえか。水商売は良くねえよ、誘惑が多いしな。明日、兄さんにぴったりの職場を紹介してやる」

翌日の午後、孝蔵が連れて行ってくれたのは新聞販売店だった。皇居に近い場所にあり、都庁や省庁を始めとする官公庁や大企業に新聞を配達している大規模な事業所で、寮の他に従業員食堂や風呂場も完備し、福利厚生が充実していた。何より配る新聞量が膨大なので、その分給料も良く、朝夕刊で早朝二時間、午後二時間ほど働けば生活費が賄えた。

「働きながら大学の夜間部や専門学校へ通ったり、司法試験を目指して勉強している仲間もいる。ここならやる気が出るはずだ」

孝蔵の言う通り、平は〝勤労学生〟仲間に刺激され、働きながら不動産の勉強をして不動産鑑定士の資格を取得した。そして事業所を辞めて不動産会社に勤め、そこから頭角を現して独立し、新興デベロッパーとしてバブル時代に大成功を収めた……。

「孝蔵さんは別れるとき言ってくれました。『辛《つら》いことがあったらいつでも店に訪ねてこい。美味いものを喰わしてやるから』と……。私はその恩に報いるためにと、歯を食いしばって頑張ってきました。幸い運も味方して、会社は大きくなり、五年前には一部上場も果たしました。今、やっと過去を振り返る余裕が出来たんです。だから、あの時のビーフシチューが食べたくなって、孝蔵さんのお店を訪ねてきたんです」

平は背広のポケットから白い麻のハンカチを取り出し、そっと目頭を拭った。

「それにしても、孝蔵さんは本当に、惚《ほ》れ惚《ぼ》れするような好い男でした。背が高くて苦み走った二枚目で、気っ風が良くて肝が太くて情に厚くて……まさに男の中の男でしたよ」

一子は嬉しそうに笑みを浮かべた。

「ありがとう存じます。平さんこそご立派になられて、亡くなった主人も喜んでおりますよ」

「お亡くなりになったのは本当に残念です。一度キチンとお礼を申し上げたいと思っていましたが、私の不徳で果たせずに終わってしまいました。それに、もう一度あの絶品のビーフシチューを食べたいという夢も消えてしまいました」

平はいかにも残念そうに首を振った。二三にはその態度がいささか芝居がかって見えたが、一子は柔らかな表情で口を開いた。

「そんなに楽しみにしていただいたのに、申し訳ないことです。ただ、主人の残してくれたレシピ帳が残っています。その通りに作ってみます。もし召し上がっていただけたら、供養になるかと思いますが、如何《いかが》でしょうか？」

「本当ですか？」

平はパッと目を輝かせた。

「それは大変ありがたい。もちろん、作っていただけるなら、金に糸目は付けませんよ」

一子は苦笑を浮かべた。

「とんでもない。主人の供養にすることですから、そんなご心配はご無用に願います」

きっぱりと言ってから、真《ま》っ直《す》ぐに平の顔を見た。

「来週の月曜日、今日と同じくらいの時間にお越しいただけませんか？」

「喜んで伺います。楽しみにしてますよ」

客は弾んだ声で答え、勘定を置いて立ち上がった。

ガラス戸を開けると、表には黒塗りの車が停まっていて、運転手が直立不動の姿勢で立っていた。平が降りたときからずっとそのまま待っていたのだろう。真夏の炎天下である。二三は他人事ながら腹が立った。義憤というものだ。

「虫酸《むしず》が走るほどイヤな奴。こんな店に運転手付きの車で乗り付けるなんて、嫌みったらしいったらありゃあしない。だいたい、運転手を外に立たせとくなんて、何様のつもり？　人権問題じゃない」

店にいる客は三原と梓の二人だけだったので、二三は思いきり本音を吐き出した。

「うちの店にも来るわよ。みんな金や地位に頭下げてるだけなのに、自分が偉いと勘違いしてるバカ」

野田梓も鼻の頭にシワを寄せて同調した。

「おばちゃん、あんな奴にわざわざ特別メニューこさえてやることないよ」

万里が言うと、一子は静かに答えた。

「あのお客さんのためじゃないの。亭主の供養にね、一度だけ昔の料理を作ってみようと思ったの」

一子は遠くを見る目になっていた。

「それに、あの人がうちの人を懐かしんできてくれた気持ちに嘘《うそ》はないだろうし……ありがたいわ」

三原は最前から何か考えている風だったが、口をついて出た言葉はまったく毛色が違っていた。

「来週の月曜日ですか？　それじゃ、私もランチにそのビーフシチューを食べさせてもらえませんか？」

「もちろんですよ。一人前だけ作るわけにいきませんからね」

梓もさっと右手を挙げた。

「そんじゃ、あたしもビーフシチュー！」

「ええっ⁉　この人がおばちゃんの旦那さんなの？　高倉健みたいじゃん。超カッコ良い！」

店を閉め、賄いを食べて休憩しているとき、一子はアルバムを持ってきた。若い頃の孝蔵の写真を見るなり、万里は思わず叫んだのだった。

「すげえ！　おばちゃんも超キレイじゃん！」

若い頃の一子は〝佃島の岸恵子〟と異名を取ったほどの美女である。孝蔵と並ぶとまさに美男美女、銀幕のスターもかくやというカップルだった。

やがて一通りアルバムを眺めると、万里は訝《いぶか》しげに首をひねった。

「要のお父さん、どっちにも全然似てないじゃん」

十年前に亡くなった二三の夫の高はクマの縫いぐるみのような風貌で、一子と孝蔵の美の遺伝子は完全にスルーしていた。

「おばちゃん、もしかして浮気した？」

一子は吹き出した。

「高はね、あたしの父親に生き写しだったのよ。隔世遺伝ってやつね」

「私も隔世遺伝なの。おばあちゃんに生き写し。亡くなった母はお姑さんに勝るとも劣らない美人でね、〝亀戸《かめいど》の池内淳子〟って言われてたんだから」

万里は気の毒そうな顔で二三を見た。

「おばちゃん、全然似てないよね。可哀想《かわいそう》に」

「同情するなら金をくれ」

しかし世代の違いの哀《かな》しさ、万里はテレビドラマ「家なき子」を知らず、きょとんとするばかりだった。


はじめ食堂は夕方五時半からは居酒屋になる。夜の部、口開けの客は例によって酒屋の若主人辰浪康平だった。

「生ビール。それから中華風冷や奴とゼリー寄せね」

つまみを注文してからその日のご飯物を確認する。呑んだ後はご飯を食べるのが習慣なのだ。

「今日は……バラちらし？」

お通しの竹輪とモヤシの味噌《みそ》マヨネーズ和《あ》えをカウンターに置き、二三が答える。

「新メニューなの。煎《い》りゴマとジャコを混ぜた酢飯の上に、マグロの漬けと厚焼き卵を載せて、大葉と海苔《のり》をパラパラ……よ」

マグロの漬けは、酒の煮きりと醬油を合わせ、わさびを適量溶かし込んだ汁に二〜三時間漬けておけば完成する。ありがたいことに、漬けにすると安いマグロもそれなりに美味しく食べられるのだ。鉄火丼にするときは薄切りにするが、今回はバラちらしなのでサイコロ形に切って漬けている。

あとは酢飯を炊く以外に時間の掛かる作業はないので、何種類もの具材を調理して作るちらし寿司よりずっと簡単だ。しかもマグロが載っているというだけでゴージャス感が漂う。

「じゃ、締めはそれで。マグロは築地?」

「残念でした、魚政《うおまさ》です。百グラム百九十八円の出血大サービスを大量購入したの。でも、卵焼きは築地の専門店よ」

築地場外にはマグロを専門に扱う店が何軒かあるが、いずれもけっこう高級品である。もちろん、質を考えたらお買い得ではあるのだが、スーパーの値段とは違う。お客も築地に行ったら良いマグロを買おうと思っているから、デパ地下に行くと百グラム五百八十円のサラダを買ってしまうのと同じ心理で、高くても売れるのだ。

「おばちゃん、ダメじゃん、舞台裏見せちゃあ」

「へえ、万里がいっぱしの口利いてるじゃん」

口の周りをビールの泡で白くして康平が言った。

「良いのよ。うちは康ちゃんとこからお酒を仕入れてるんだもん、お見通しよ」

カウンターの端の椅子《いす》に腰掛けたまま一子が言った。怪我《けが》以来、客の少ない時間はなるべく座ってもらうようにしていた。本人も少しでも長く現役を続けるために、体力温存を心がけている。

今、一子は膝の上で古ぼけた大学ノートを開いていた。

「おばちゃん、それ、何？」

「亭主の書いたレシピ集。勉強し直してるとこ」

「急に、どしたの？」

二三は手短に昼間の平とのやりとりを話して聞かせた。

「へええ。でも、まあ、良い話だよね。俺も月曜日、ビーフシチュー食べに来ようかな」

「どうぞ、いらっしゃい。かなり大量に作る予定だから」

「確かに良い話なんだけどね……。どうも胡散《うさん》臭いのよねえ、あの人」

二三はカウンターの中で誰に言うともなくつぶやいた。四十年前の温情を忘れないという心理と、自分が食事している間、炎天下に運転手を待たせておくという仕打ちが、どうにも相容《あいい》れない。平の話を言葉通りに受け取って良いものか、何か裏があるのではないか、判断に迷っているのだ。

「こんちは」

そこへやって来たのは魚政の主人山手政夫と、その幼馴染《おさななじ》みでリタイア組のご近所さん後藤輝明だった。

「生ビール二つね」

「中華風冷や奴とゼリー寄せ。あと、サッと出来るもの」

後藤は「食べるものは何でも良いが、待たされるのはいや」という性癖の持ち主である。

「おじさん、そんじゃ新メニューのトマトオムレツ、どう？」

「あ、いいね。それ」

二つ返事で山手が答える。職業は魚屋だが、一番好きな食べものは卵である。

「しかし、感心だね。万里もけっこう一丁前になったでないの」

「でしょ？　私、万里君、絶対この仕事向いてると思うの」

万里がトマトオムレツの準備に掛かっている横で、二三が弾んだ声で答えた。

「不思議だね。今まで居酒屋のバイト、いっぱい辞めてんのに」

「それは多分、マニュアルで全部決まってたからじゃないかしら。少しは自分の裁量で動けないと、つまんないもの」

「トマトのオムレツも、万里君が考えてくれたのよ。食べてみたら美味しいから、夏のメニューに出すことにしたの」

一子もひと言付け加えた。

万里は得意満面の笑みでオムレツを完成させた。

二三の見るところ、はじめ食堂で働くようになってから、万里には責任感が生まれてきた。一時間いくらで仕事をこなすという意識ではなく、はじめ食堂の一角を担っているという気持ちが芽生え始めたように思う。新メニューを考えることもそうだし、仕入れの値段を気にするようにもなった。今日は築地の買い出しに連れて行って欲しいと言い出した。あとは、このまま順調に職業意識が育ってくれることを願うばかりだ……。

「ただいま……」

戸が開いて、一人娘の要《かなめ》が帰ってきた。

「お帰り。早かったね」

出版社勤務で、いつも帰りは店が閉店する九時過ぎになるのに、今日はまだ七時前だ。しかもひどく浮かない顔をしている。

「ご飯は？」

「要らない」

そのまま二階へ上がってしまった。

万里は要の消えた先を目で追ってから、二三を振り向いた。

「要、どうなってんの？　ラブラブじゃないの？」

要は最近人気ブロガーの当麻清十郎と恋に落ち、デートを重ねていた。

当麻は俗に言う好青年だった。素直で正直で自然体。決してカッコ付けないし、嘘も吐かない。仕事に対しては誠実で情熱的である。それだけならまことに理想的な相手だが、一つ重大な問題があった。女にもてすぎるのである。蟻《あり》が砂糖に群がるように、当麻には自然と女が群がってくるのだ。

二三は昔、当麻と同じタイプの超一流の女たらしを見ていたので、要の恋の行方を危ぶんだ。

しかし、要は完全に当麻に夢中で、土・日は泊まりや朝帰りである。男にトチ狂っている女に何を言っても無駄なことを、二三も一子も経験上よく知っていた。だから黙って成り行きを見守っている。

「今朝はルンルンで出て行ったわよ。きっとデートをドタキャンされたか、すっぽかされたか、どっちかでしょう」

「断言するねえ」

「じゃなかったら、こんなに早く帰ってくるはずないでしょう」

「確かに」

万里はいくらかホッとした顔になった。どうやら子供の頃から要が好きだったらしい。要の方は何とも思っていないのだが。

「ふみちゃん、明日築地に行ったら、これもお願い」

その日、店仕舞いしてから万里と一緒に賄いを囲んだとき、一子がメモを手渡した。

「荷物になって悪いけど、万里君が一緒に行ってくれるなら大丈夫ね」

「……牛骨二キロ、牛スジ肉二キロ？」

「フォン・ド・ヴォーの材料。シチューに使うのは牛バラ肉」

「えっ？　フォン・ド・ヴォーから作るの？」

「うん。どうせだから横着しないで頑張るわ」

フォン・ド・ヴォーはフランス料理のソースの素になる出汁《だし》で、簡単に言えば肉や野菜を炒め、丁寧にアクを取りながら煮詰めたスープである。八リットル近い水分が最終的には一リットルになってしまうのだから、如何《いか》に時間と手間の掛かる作業が要求されるか分かるだろう。

万里がメモを覗《のぞ》き込んで目を見張った。

「うわ～。大変だねえ。金と手間暇鍋で煮てるみたい」

「でしょ。だから、亭主が死んでから洋食屋はやめたの。素人じゃ無理だもの」

一子は少し寂しそうに微笑んだ。

だが、本格洋食に取り組む一子は生き生きとしていた。

「日曜日にシチューを煮るとこまで全部やるわ。朝っぱらから三時間も煮てられないし、一日おいた方が美味しいから」

「俺も手伝うよ。フォン・ド・ヴォーの作り方知りたい」

万里まで手伝いを買って出た。

一子は二三と万里にてきぱき指示を出した。肉と骨をオーブンでこんがり焼いて余分な脂を落とし、野菜類と一緒に寸胴《ずんどう》鍋で煮る。丁寧にアクを取って煮出したら、それを漉《こ》す。これが第一フォン。次に別の鍋で野菜類だけを煮て、アクを取って漉す。これが第二フォン。最後に第一フォンと第二フォンを合わせて煮詰め、出来上がったのが完成品のフォン・ド・ヴォーである。

はじめ食堂はプロ仕様の火力のガス台が三台あるので、第一フォンと第二フォンを同時進行で作ることが出来る。それでも午後一時から取りかかって、完成したのは夕方近かった。夏の日盛りにずっと火の前にいたのだから、三人とも汗だくになった。

「佃煮の職人さんに倣って、水分補給しよう」

麦茶を飲みつつ、小皿に塩を盛ってこまめに舐《な》めた。塩分を補給しないと、水が身体に吸収されにくいのだ。

「夕飯、お寿司取ろう……と、万里君は魚ダメか。ピザか蕎麦《そば》か中華にする？」

「良いよ、鮨《すし》で。俺、烏賊・タコ・ホタテ、イクラとウニは五カンずつね」

「この野郎……」

「いいさ、ふみちゃん。今日はあたしのおごりだ」

「さすが！」

一子は三十年ぶりの作業が滞りなく終わったことで満足気だった。万里もフォン・ド・ヴォー作りに感心していた。

「ご苦労様。それじゃ、ビーフシチューに掛かりましょうか」

赤ワインに漬け込んだ牛バラ肉を炒め、フォン・ド・ヴォーと漬け汁を合わせ、香味野菜と共に煮込む。小麦粉をバターで炒め、牛乳で伸ばしてルーを作り鍋に加える。煮詰まってきたら塩・胡椒・ウスターソース・ケチャップ・醬油などで味を調える。

「明日火を入れるときに玉ネギとジャガイモを加えて、柔らかくなったら生クリームをかけて出来上がり。人参はグラッセ、絹さやはソテーして添えましょう。彩りだから」

すでに時刻は九時近かった。

「成功を祝って、乾杯しようか」

二三が冷蔵庫から瓶ビールを出して来たとき、ガラス戸が開いて要が帰ってきた。今日は朝から外出していたのだ。そして、この間からすっかり元気がない。

「お帰り。夕飯は？」

「食べてきた」

「ビール呑まない？」

「要らない」

「今日、おじいちゃん直伝のビーフシチュー作ったのよ。明日、あんたの分取っとくからね」

要は頷いただけで二階へ上がってしまった。

「あ〜あ。あんなに分かりやすく落ち込まれると『上手《うま》く行ってないんだろ？』なんて聞く気もしねえや」

万里はコップに注《つ》がれたビールをあおった。

「あの子、放っといて大丈夫なの？」

一子が心配そうにちらりと二階を見上げた。

「大丈夫ですよ。結婚でもしてるなら大事だけど、ただのカレシですから。そろそろ見切り時なのは自分でも分かってるでしょう」

二三もビールを飲み干した。

「女の恋は上書き保存。別れたら次の人。あんたもよく覚えときな」

「おばちゃん、シビア」

万里は残りのビールを飲み干した。


翌日、ランチタイムの日替わり定食Aにはビーフシチューが登場した。Bは烏賊フライ。

八月の暑い盛りだが、今まで出したことのない新作なので、けっこう選ぶお客がいた。

「なに、これ？　美味しいッ！」

食べた人はみんな驚嘆した。材料と時間に糸目を付けずに作ったのだから、美味しくないはずがない。市販のルーとの違いは歴然としている。

「これで七百円じゃ、出血どころのサービスじゃないよ」

一子が日替わり定食Aで出すと決めると、万里が呆《あき》れ返った。

「最低三千円は取らないと、元が取れないでしょ」

「あら、万里君も値段が分かってきたじゃないの」

一子は嬉しそうに微笑んだ。はじめ食堂は持ち店で営業しているから三千円で済むが、ホテルに出店している店なら一皿八千円以上の値段になるだろう。

「でも、今日は供養だから、採算は度外視よ」

一時を過ぎると三原と梓も店にやってきた。

「こんちは。せっかくだからおじさんも誘っちゃった」

辰浪康平が山手政夫を連れて現れた。

「みなさん、ようこそ。嬉しいわ」

一子はいそいそとビーフシチューを皿に盛りつけた。

小鉢は高野豆腐と干し椎茸《しいたけ》の煮物、キュウリのピリ辛……叩《たた》いてゴマ油と醤油と七味をかけただけの至って簡単な一品だが、夏にはぴったりだ。それにサラダと漬物と味噌汁（今日の具は冬《とう》瓜《がん》と茗荷《みょうが》）が付く。ご飯と味噌汁はおかわり自由。

最近はおかわり自由だとタッパーに詰めて持ち帰る不心得者がいるらしいが、はじめ食堂は常連客が多くてほとんどが顔見知りのせいか、幸いにもまだ被害に遭っていない。

そして、昼と夜の常連客たちはビーフシチューを口に運び、じっくり味わっていた。

「……生まれてから食べたシチューの中で一番美味しい」

梓は湯気で眼鏡を曇らせながらつぶやいた。

康平はスプーンでご飯をすくい、シチューに浸して口に運んだ。

「超贅沢《ぜいたく》なハヤシライスって感じ」

三原は何口か食べてホッと溜息を吐いた。

「ずいぶんと手間が掛かってるね、これは」

「昔の、親方の味がする」

この中で唯一、洋食屋時代のはじめ食堂の味を知っている山手が言った。

時計が一時半を回った頃、ガラリと戸が開いて平大吉が入ってきた。今日もまた運転手付きの車での来店だった。

「いらっしゃいませ。どうぞ」

一子がカウンターの中から笑顔を見せた。

「今日はとても楽しみにしてきましたよ」

席に着くなり、平は高らかに言った。

「どうぞ。昔通りのやり方で作りました」

一子が平の前に定食の盆を置くと、満面に笑みを浮かべてスプーンを手に取った。一匙《さじ》すくい、口に運ぶと目を閉じた。ゆっくり味わうとパチッと目を開け、二匙目を口に運ぶ。他のものには手を付けず、その動作を繰り返し、十分ほどで皿を空にした。

「やっぱり違う」

平は大袈裟に首を振った。

「これは美味しいビーフシチューだが、私が御馳走《ごちそう》になったのはこれじゃない。あの時の味とは違います」

ふざけんなよ、この野郎……二三は腹の中で啖呵《たんか》を切った。無理言って作らせたシチューだろうが。お姑さんはおまえのために日曜日潰して、一日掛かりでこさえたんだよ。不味《まず》いならともかく、美味いなら「この味です」って何故《なぜ》言えない？　それが人としての最低限の礼儀だろうが？　何様のつもりだよ、クソ野郎が！

だが、一子は穏やかに微笑んで答えた。

「そうですか。それは大変残念でした。力が及ばず、申し訳ないことでした」

お姑さん、謝ることないわよ……と二三が言おうとした一瞬先に、三原が口を開いていた。

「女将《おかみ》さん、差し出がましいようですが、実は私は、亡くなったご主人の弟弟子だったコックと知り合いなんです。如何でしょう、ご主人のレシピ帳をお借りして、そのコックに味を再現してもらうというのは？」

「いえ、それは……」

遠慮しようとした一子を、二三は素早く目で制した。三原がわざわざそんな提案をするからには、何か考えがあってのことだろう。

三原もまた穏やかな笑みを浮かべ、席を立って平の前に進んだ。

「平さんでしたか？　あなたは昔のビーフシチューと再会する日を四十年も待っていたそうですね？　四十年越しの想《おも》いなら、このまま諦めるのはもったいないでしょう。兄弟弟子の料理人なら、必ず昔の味を再現してくれるはずです。来週の月曜日、今日と同じ時間に、またこの店にいらっしゃいませんか？　今度こそ、夢にまで見たビーフシチューと再会出来るでしょう」

三原はいつものように甚平に下駄履きのラフな格好で、態度物腰もあくまで穏やかだ。しかし、このときは曰《いわ》く言い難い迫力が全身を取り巻いていて、平を圧倒していた。

「……分かりました。では、来週に」

平は気圧《けお》されたように頷き、しどろもどろで答えると、勘定を置いて店を出て行った。「ほうほうの体で退散した」と言った方がぴったりする。

二三は心の中で「ざま見ろ」と言ってから現実に立ち返った。

「三原さん、そのコックさんの話は……？」

一子も心配そうに三原を見ている。

「私の親しくさせてもらっている料理人でしてね。こちらのご主人にも大変お世話になったそうですよ。まあ、お任せ下さい」

三原はいつもと変わらぬ穏やかな笑みを浮かべて請け合った。


同じ日に、要と当麻清十郎の関係も急展開したようだ。

九時過ぎ、閉店したはじめ食堂に帰ってくるなり、要は椅子の上に鞄《かばん》を放り出してテーブルに突っ伏した。

夜の賄いを食べていた万里は箸を置き、二三と一子もじっと要を見つめた。

二三は立ち上がり、要の向かいの席に腰を下ろした。

「どうしたの？」

要は答えず、小刻みに肩を震わせている。

「彼のマンションで女と鉢合わせでもした？」

要はビクッとして顔を上げた。

「どうして知ってるの？」

要は家に着く前から泣いていたらしく、目も鼻の頭も赤くなっていた。

「あの人はやめた方が良いよ。決して悪い人じゃないけどね」

「何処《どこ》が悪くないんだよ？　彼女がいるのに他の女にも手を出すなんて、サイテーじゃないか」

万里はムキになって言った。要にカレシが出来たのは悲しいが、要が傷つくのはもっと悲しいらしい。

「万里君、当麻の身になって考えてみなよ。普通にしてれば可愛《かわい》い女の子が次々身を投げ出してくれるんだよ。誰か一人に決めるより、みんなと仲良くした方が楽しいじゃない」

「だけど……」

「女の子の方だって、独占したいと思うから不幸なんで、悪気のないセフレと思って付き合うんなら、貴重な人材だと思うよ」

要は洟《はな》を啜《すす》って口を開いた。

「彼もお母さんと同じこと言ったわ。君が好きだ。君といると楽しい。とてもナチュラルな自分でいられる。でも、彼女のことも大好きだ。どうして別れなくちゃいけないのか分からない。人間は一人一人違っていて、それぞれの魅力も違っている。だから好きな人を一人だけに決めるなんて、僕には無理だし不自然だって」

「確かに」

二三はむしろ感心した。なるほど当麻の言う通りだ。しかし、当麻に惚れている女には納得できないことだろう。

「で、あんたこれからどうする？　当麻の数ある女の中の一人として付き合いを続けるか、思い切って別れるか？」

「……まだ、分からない。いつか私の気持ちが通じて、私だけにしてくれるかも知れない」

「そんなわけないでしょ」

二三はうんざりして言った。

「あのねえ、はっきり言うけど、ああいうタイプは他人に愛情なんか持ってないの。あるのは自己愛だけ。当麻にとって女は嗜好品《しこう》であって、パートナーじゃないの。だからあれもこれもみんな欲しいわけ」

「そんなこと、お母さんにどうして分かるのよ？」

要が再び鼻の詰まった声で抗議した。

「あの当麻清十郎とおんなじタイプに片思いしてたからよ。お父さんと結婚する前にね」

二三はわずかに身を乗り出した。

「よく聞きなさい。愛情っていうのは無理を強いるものなの。やりたくないこと、嫌なこと、辛いことでも、愛する誰かのためにせざるを得ないのが愛というものなの。当麻があんたのためにやりたくないこと、つまり我慢したことある？　ないでしょ。あんたが嫌がっても他の女との付き合いも続けてるんでしょ？　それは愛情がないからよ。分かった？」

きっぱり言って立ち上がった。

「さ、片付けよう。明日また早いからね」

要を残して三人はテーブルを離れ、後片付けを始めた。


一週間後の月曜日、開店の十分前に三原茂之がはじめ食堂を訪れた。珍しくポロシャツにチノパンツ、綿麻のジャケットという姿で、直径二十センチほどの寸胴鍋を両手に抱えている。

「お約束のビーフシチューです。お店で温めて下さい。私はもう味見しましたから、ランチはお魚をいただきます。それじゃ、また後で……」

挨拶もそこそこ、手短に言い残して出て行った。

二三も一子も万里も、思わず蓋を取って中を見た。焦げ茶色のビーフシチューが七分目ほど入っていた。

「ちょっと、味見しちゃおう!」

三人は中身をスプーンですくい、食べてみた。

「……お姑さんのビーフシチューと同じみたい」

「うん、ほんと。そっくり」

「……うちの人の味だわ」

三人はほぼ同時につぶやいた。

そして開店となった。

その日の日替わり定食はアジフライと青椒肉絲《チンジャオロース》だったので、ビーフシチューは一時過ぎにやって来る常連客のためにそっくり取って置いた。

一時を過ぎて客席がどんどん空き始めた。その後、まず最初に現れたのは三原だった。

「先ほどはありがとうございました」

二三と一子がカウンターから出ていって頭を下げると、手を振って答えた。

「いいえ。余計なお節介を受け入れて下さって、かえって恐縮です。ところで本日の魚は……?」

「焼き魚はブリの塩糀《しおこうじ》漬け、煮魚はカラス鰈《かれい》です」

「ええと……焼き魚で」

今日の小鉢は洋風おからとキュウリ、若布《わかめ》、茗荷の酢の物。三原の定食の盆をテーブルに置いたところで野田梓、辰浪康平、山手政夫が入ってきた。

「これはみなさん、お揃《そろ》いで」

「入口で偶然ばったり……」

梓はテーブルに着くと、一子と三原を交互に見て言った。

「あの、例のものもらえます?」

「僕も」

「俺も」

「はい。喜んで」

ビーフシチューは温めが終わって鍋の中で出番を待っていた。

三人がスプーンを口に運び、それぞれ感嘆の溜息を漏らしているとき、ガラス戸が開いて平大吉が入ってきた。

「いらっしゃいませ」

「どうも」

平は空いているテーブルに着いた。どういうわけか仏頂面で機嫌が悪そうに見える。四十年も待った幻のビーフシチューと対面できるかも知れないのに、どうしたことかと二三は訝った。

ビーフシチューを目の前に置くと、じっと眺めてからスプーンを取った。そして、三口ほど食べてスプーンを置いた。

「やはり、違う。あの時の味じゃない」

平は椅子から立ち上がった。

「お待ちなさい」

声をかけたのは三原だった。平の隣りのテーブルに座っていて、テーブル越しに向き合う形だった。

「どうやらあなたの目的は、言い掛かりをつけることにあるようですね」

「なんだと?」

平の顔は怒りで険悪になったが、三原は気に留める風もなく、あくまでも落ち着いた態度で先を続けた。

「このシチューの味が、亡くなった一孝蔵さんの味と違うわけはない。何故なら孝蔵さんは帝都《ていと》ホテルで修業なさった料理人で、あのビーフシチューのレシピは帝都ホテルのレシピそのものだったからです。そして、これを作ったのは帝都ホテルの名誉総料理長であり、孝蔵さんを尊敬してやまなかった天才シェフ、涌井《わくい》直行《なおゆき》さんです」

三原は上着のポケットからスマートフォンを取り出した。

「ああ、三原です。ムッシュにおいでいただいて……」

間もなく店の外に車が停まる音がした。ガラス戸が開き、杖《つえ》をついて入ってきた人物を見た瞬間、三原以外の全員が息を呑んだ。

シェフ帽を被《かぶ》り、シェフコートを身に着けたその人は、誰もが一度はテレビで見たことのある人だった。現役は引退しているが、今も帝都ホテルの顔である。すでに八十半ばのはずだが、堂々とした押し出しで、まるで年齢を感じさせない。日本のフランス料理界を代表する存在であり、生きている〝レジェンド〟だった。

「涌井さん」

一子がカウンターから出て来て、涌井の前に立った。

「奥さん、お久しぶりです。すっかりご無沙汰しています」

「いいえ、こちらこそ」

万里がそっと二三に耳打ちした。

「おばちゃん、なんでムッシュ涌井と知り合いなの？」

「知らないわよ。私も生で見るの初めてだもん」

三原が立ち上がって、自分のテーブルに涌井と一子を掛けさせた。

「涌井総料理長は、孝蔵さんの二期後輩でした。孝蔵さんが帝都を辞めて独立されるまでの十八年間、同じ厨房で働いています。孝蔵さんの味はよくご存知で、ましてレシピも残っている。涌井総料理長に孝蔵さんの味が再現できないわけがありません」

三原は平の正面に立って厳しい顔つきで尋ねた。

「あなたがあくまで昔の味と違うと言い張る理由は、近頃聞こえてくる平興産が倒産の危機に瀕《ひん》していると噂《うわさ》と、何か関係がありますか？」

「何を、失敬な！」

三原の言葉は図星だったらしい。平は苛立《いらだ》った声を上げたが、後が続かず、キョロキョロと周囲を見回すと、肩をそびやかして店を出て行った。

「どうやら、とんだ茶番だったようですよ」

三原は店の中の人たちに笑顔を向けた。

「三原さん、どうしてムッシュ涌井と知り合いなんですか？」

みんなが知りたいことを尋ねたのは万里だった。ちなみにテレビその他を通じて涌井には〝ムッシュ〟の呼び名が定着している。

「彼は帝都ホテルの前の社長なんですよ」

涌井の答えに、全員がのけぞりそうになった。

「十三年前奥さんがご病気になられて、看病のために退職してしまいましてね。帝都を未曾有の危機から救ってくれた逸材なので、我々も必死で慰留したんですが『帝都には優秀な社員が大勢いるが、妻には私しかいない』と、カッコ良いこと言って辞めちゃったんですよ。今は特別顧問という形で協力してもらっていますが」

三原は恥ずかしそうに身じろぎした。

「それじゃ三原さんは、亡くなった舅が帝都ホテルの料理人だったことを、初めからご存知で？」

「いえいえ、何年もしてからですよ。おたくの名字が〝にのまえ〟さんだと知ってから、やっと気が付いたんです」

三原は遠くを見る目になった。

「私が帝都ホテルに入社した翌年に、孝蔵さんは独立してお辞めになったので、直接お話しする機会はありませんでした。でも、お噂はかねがね。特にムッシュからは耳にタコができるほど聞かされましたよ」

三原と涌井は目を見交わし、楽しげに微笑んだ。

「どんなお話でしょう？」

「兄さんは……一先輩はまさに男の中の男でした。私が今日あるのも、すべて孝蔵さんのお陰です」

伝説のシェフは一子に軽く頭を下げてから話し始めた。

「私は小さい頃から人より食べ物の味に敏感でした。それに食べるのが大好きだった。だから料理人に向いていると思ってこの世界に入ったのですが……不器用でしてね。それに、人見知りで臆病で、人付き合いが苦手でした。だからホテルの厨房に入ってからは、いじめの標的にされましたよ」

そんな涌井をいつもかばってくれたのが、二期上にいた孝蔵だった。孝蔵はその時二十歳。厨房の序列では下位にいたはずだが、先輩たちも料理長も一目置く存在だった。素晴らしく器用で腕が立ち、仕事が早く正確だった。それ以上に、竹を割ったような気性と俠気《おとこぎ》にみな心服させられていた。孝蔵が盾になってくれたので、やがて誰も涌井に手出しが出来なくなった。

当然ながら涌井は孝蔵を兄と慕い、いつも頼りにしていた。

涌井の天才を一番に認めたのも孝蔵だった。その賄いを食べたときから味付けの上手さに目を見張ったが、序列が上がって調理を担当するようになると、味を記憶する舌と再現する技術、美味しい味を創り出す想像力に驚嘆した。

「帝都に入って十八年目、孝蔵さんが三十八歳、私が三十六歳の時です。当時の料理長がご病気で引退することになり、次期料理長を誰にするかという話になりました。みんな、当然孝蔵さんだと思いました。腕も良かったし、何より人望がありました。厨房を一つにまとめて引っ張って行けるのは孝蔵さんしかいない。料理長もそう思っていたはずです。ところが……」

孝蔵は突然退職願を出したのである。仰天して慰留する料理長に、孝蔵は断固として進言した。

「涌井を次の料理長にして下さい」

料理長は渋い顔をした。

「確かに涌井の作る料理には天賦の才を感じる。だが、涌井はまるで人望がないし、人の上に立てる器量ではない。あれでは厨房をまとめていくことは不可能だ」

だが孝蔵は引かなかった。

「料理長、立場が人を作るんです。トップに立てば、涌井は必ず立派な仕事をしてのけます。あいつほどの料理を作れる人間は、他にいないんです」

孝蔵の説得に、最後は料理長も折れた。

しかし当の涌井は孝蔵の退職を知って泣きついた。

「兄さん、どうしてだよ？　どうして辞めちゃうんだよ？　天下の帝都ホテルの料理長になれるのに……」

「だから辞めるんだ」

孝蔵はきっぱりと言った。

「俺は優秀な料理人だ。自分でもそう思ってる。だが、天下の帝都ホテルを代表する料理人は、優秀じゃダメなんだ」

孝蔵は涌井の肩に手を置いた。

「おまえは天才だ。おまえなら新しい伝説を作れる。これからはおまえが帝都ホテルを引っ張って行くんだ。がんばれよ、ナオ」

そして別れに際しては厨房に立ち、全員を前に言い放った。

「俺は辞めるが、もし新しい料理長の言うことが聞けない奴は、俺んとこへ来い。俺が相手になってやる。じゃ、元気でな」

そこまで話して涌井はホッと溜息を吐き、うっとりと眼を細めた。

「……ほんとにカッコ良かった。今でもあの時の孝蔵さんの姿が目に浮かびます」

それからコホンと咳払いをして先を続けた。

「孝蔵さんのお陰で、私は少しずつですが、責任ある立場に相応《ふさわ》しい態度が取れるようになりました。褒める、叱《しか》る、注意する、説得する、他人の意見に耳を傾ける……。苦手だった人付き合いも、段々と苦にならなくなりました。しまいにはテレビの料理番組に出ておしゃべりするようになりました。孝蔵さんの仰《おっしゃ》る通り、立場が人を作るのだと、しみじみ思いますね」

涌井の目はうっすらと潤んでいた。

「私は沢山の料理を創作しましたが、いつも心の何処かで、孝蔵さんに食べてもらいたいと思っていました。孝蔵さんが亡くなってからも、その気持ちはすこしも変わりません」

涌井は一子に再び頭を下げ、三原に目で合図した。

「お忙しいところ、すっかりお邪魔してしまいました。三原君、今日はどうもありがとう」

「いいえ、ムッシュ」

涌井は杖を手にして立ち上がった。

「では、私もこれで失礼します。本日はお騒がせしました」

三原も一礼して涌井の横に立ち、そっと介助しながら歩いて店を出た。二三と一子が後に続いた。

涌井は待たせてあった車の後部座席に乗り、三原は後ろを回って反対側のドアから涌井の隣りに座った。

「どうもありがとうございました」

二人は走り去る車に最敬礼した。

「ほんとはね、うちの人が亡くなったとき、涌井さんが料理人を紹介するって言ってくださったの」

一子が二三を振り向いた。

「でも、あたしは高と二人で店をやって行くって決めてたから、お断りしたわ。洋食屋は孝蔵一代。あたしたちは家庭料理を出す食堂にしようって」

孝蔵の下で働いていた料理人は見習を連れて独立し、一子と高は二人だけではじめ食堂をリニューアルオープンした。

「それで良かったのよ。だって、今のはじめ食堂じゃなかったら、私とても通えなかったし、そしたらタカちゃんとも結婚できなかったもん」

「あたしもそう思う」

一子はにっこり微笑んだ。

店に戻ると客たちは興奮状態で、万里も交えておしゃべりに夢中になっていた。

「このビーフシチュー、伝説のムッシュが作ったんだ！」

「でも、三原さんが帝都ホテルの元社長とはねえ」

「帝都の未曾有の危機って何だ？」

山手が腕組みをして首をひねると、梓が食後の一服に火を点けて答えた。

「ほら、二十年くらい前、大阪で爆発事故があって、大阪帝都も類焼したでしょう。あの時他にもゴタゴタがあって、経営危機とか言われてたような……。それを立て直したってことじゃない？」

さすがにキチンと新聞を読んでいるから時事問題にも詳しい。

「みなさん、三原さんの件はオフレコでお願いしますよ。常連さんの足が遠のいたら、困っちゃう」

「はい、はい」

全員しっかり頷いたが、万里が思い出したようにつぶやいた。

「それにしても、あのおっさん、何がしたかったんだろう？」

平の不可解な行動は、謎のまま残されたのだった。


「……というわけ」

その日の夜、はじめ食堂では閉店後、久々に要も交えて四人で賄いのテーブルを囲んでいた。

二三・一子・万里が順番に昼間の出来事を話して聞かせた。要もけっこう興味を持って聞いているようだった。いくらかは打撃から立ち直りつつあるのかも知れない。

「おじいちゃんて、カッコ良いね」

要はビーフシチューをお代わりした。

「もてたでしょ?」

「そりゃあ、もう」

一子は得意そうに頷いた。

「浮気しなかったの?」

「うちの人は浮気とか不倫とか、そういうみみっちいことは大嫌いなの。『おまえ以外に惚れた女が出来たら、すまねえが俺は全部置いて、身一つで家を出て行くぜ』って言ってたわ」

「無理しちゃって……」

要は皮肉に笑って唇を歪《ゆが》めた。

「しょうがないでしょ。おじいちゃんはおばあちゃんにぞっこん惚れてたんだから」

要は突然ヒクヒクと頬を震わせた。その目から涙がこぼれてビーフシチューの中に落ちた。

「そうよね。好きだったら無理するよね。我慢するよね。だって、好きなんだから……」

それから両手で顔を覆って泣き出した。二三も一子も万里も、見ない振りをしていつものようにご飯を食べたり、おしゃべりしたりした。やがて要は泣き止んで、ティッシュで洟をかんだ。

「私、別れることにした。やっぱり、あまりにも考え方が違うと、上手く行かないわ」

「そうそう、それが良い。釣り合わぬは不縁の元」

一子がサバサバした口調で言った。

要は残ったビーフシチューを食べ始めた。


それからさらに半月ほど過ぎた、九月半ばの昼下がり。

午後の常連客も帰り、店には二三たち三人だけだった。立て看板をしまい、休憩中の札を出し、賄いをテーブルに並べて席に着いたときだった。

「すみません……」

遠慮がちにガラス戸が開いた。

「あら……」

入ってきたのは平大吉だった。しかし、まるで別人のようだ。ヨレヨレの格好をしているわけではないが、印象はヨレヨレだった。思い切り張っていた虚勢がすっかり消えて、一回り小さくなってしまったように見える。

「この間は本当に申し訳ありませんでした」

平は深々と頭を下げた。

「私は、本当は昔御馳走になったビーフシチューの味なんか覚えていませんでした。ただ、変わっている方に賭けただけなんです」

二三も一子も万里も、平の意外な言葉に戸惑うばかりだ。

「……会社が倒産するかどうかの瀬戸際でした。私はふと昔、生きるか死ぬかの瀬戸際に立たされたときのことを思い出して、賭けをしました。もしあの店が変わっていれば乗り切れる、変わっていなければダメと……。溺れる者は藁《わら》をも摑《つか》むという、あれですね」

平は苦い笑いを浮かべた。

「四十年も経てば、個人経営の店が変わっていないはずはない。何処かでそんな計算もしてたんです。それで確率の高い方に賭けた」

平はゆっくりと首を振った。

「でも、本当は分かってたんです。この店に一歩入ったときから……変わってないって」

「テーブルクロスはね。中身はすっかり様変わりしてしまいました」

一子の言葉に、平はもう一度首を振った。

「そんなことありません。美味しい料理と心遣いでお客さんを迎えてくれる、素晴らしい店です。出てくるお客さんの顔を見れば分かりますよ。みんな、良い顔してました。洋食屋の時代のお客さんも、きっとああいう顔をして店を出て来たんでしょう」

平はもう一度深々と一礼した。

「本当にご迷惑をお掛けしました。お許し下さい」

出て行こうとする平に、一子が声をかけた。

「あのう、これからどちらに？」

平は立ち止まって振り返った。

「債権者会議です。私の不徳の致すところで、会社を潰してしまいました」

二三と万里は言葉を失ったが、一子は立ち上がって胸を張った。

「それはお気の毒でした。でも、腹が減っては戦が出来ませんよ。お昼を召し上がっていらっしゃい。海老フライとタルタルソースは亭主の直伝ですから、昔通りの自慢の味です」

食堂のおばちゃんのワンポイントアドバイス

　これは本書に掲載された料理の中で、人気の高かった料理をまとめておさらいするコーナーです。

　大変そうに見えて実は簡単なものから、手間は掛かるけど一度は挑戦していただきたいものまで、取りそろえてみました。

　簡単なレシピにワンポイントアドバイスを添えてあります。そこを押さえていただければ、誰にでも美味しく作れますよ。

① 血糖値の上がらないご飯

〈材　料〉３～４人分
白米３合　芽ひじき1袋　ジャコ適量（50～１００g）
梅干し（甘くないもの！）５～10個　清酒１合
煎りゴマ1袋　塩少々　好みで大葉

〈作　り　方〉
●炊飯ジャーに研いだ米、ジャコ、ひじき、清酒、煎りゴマ、ちぎった梅干し、そして塩少々を入れ、三合炊きのラインまで水を入れて炊く。

〈ワンポイントアドバイス〉
☆梅干しの量と塩加減はお好みでどうぞ。
☆大葉を細く切って散らすと香りがよく、色合いもきれいです。
☆煎りゴマは炊き上がってから混ぜてもＯＫです。
☆ジャコを桜エビに変えても美味しいです。色がきれいで万里君でも食べられます。釜揚げ桜エビの季節は是非お試しあれ！

② オムライス

〈材　料〉３～４人分
白米３合　玉ネギ大1個　鶏肉３００g
卵（数はお好みで）　塩・コショウ適宜　ケチャップ適量
ラード適量

〈作　り　方〉
●米３合に対して水2合5勺。固めにご飯を炊く。
●Ａ…玉ネギは粗みじん、鶏肉は小さめに切ってサラダ油で炒め、塩・コショウで味付けする。炒めたら汁を切ること。
●ご飯を炒める時、サラダ油とラードを半々で使う。Ａを加えたらケチャップで味付け。出来上がったチキンライスはジャーに保存。
●食べる時にチキンライスを皿に型抜きし、オムレツを作って上に載せる。

〈ワンポイントアドバイス〉
☆ご飯をベチョベチョにしないことが大切。少なめの水で炊くのも、鶏肉と玉ネギの炒め汁を捨てるのも、ラードを使うのも、すべてご飯をさらりと仕上げるためです。

③ バラちらし

〈材　料〉3〜4人分
白米3合　マグロ刺身用（ブツかサク）厚焼き卵　ジャコ　煎りゴマ　大葉　刻み海苔　寿司酢　醤油　清酒　わさび　各適量

〈作り方〉
●白米3合に対して水2合5勺。固めにご飯を炊く。
●寿司酢を自分で作るなら、酢、塩、砂糖を好みの割合で混ぜて火にかけ、だし昆布を入れる。酢が沸騰したら昆布を抜く。
●清酒の煮きりと醤油を合わせ、わさびを溶いて漬け汁を作る。マグロは2センチ角くらいの角切りにして、漬け汁に漬ける。
●厚焼き卵もマグロと同じくらいの大きさに切っておく。
●炊き上がったご飯を底の広い容器（飯台、鍋、ボウル）に移し、寿司酢を混ぜながら団扇で扇《あお》ぐ。ご飯はこねずに切るように混ぜる。
●寿司飯にジャコ、煎りゴマ、細切りの大葉を混ぜる。
●皿に寿司飯を盛り、漬けマグロ、卵を載せ、刻み海苔をかける。

〈ワンポイントアドバイス〉
☆これは極めて応用範囲の広い料理です。
☆マグロとジャコの代わりにほぐした焼き鮭を混ぜれば、立派な〝鮭ちらし〟です。イクラなんかトッピングすると豪華。
☆茗荷《みょうが》の千切り、独活《うど》のスライス、茹でた根三つ葉など、季節の野菜をトッピングすれば、女性好みのヘルシーちらしになります。
☆一番簡単なのは、シンプルな酢飯に漬けマグロのスライスをトッピングした鉄火丼です。
☆バラちらしで成功したら、いつか手作り五目ちらしにも挑戦してください。昔の人の偉さが味わえますよ。

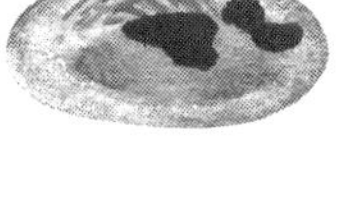

④ 鰯《いわし》のカレー揚げ

〈材　料〉

真鰯（大きさにもよるが1人前2～3尾）

小麦粉　カレー粉　根生姜　二杯酢（ゆずぽんでもOK）

各適量

〈作　り　方〉

●鰯の頭を落とし、腹に切れ目を入れ、内臓を手で取る。鰯を平らに開き、背骨を取る。手で簡単に取れるから大丈夫。

●鰯の開きの汚れを洗い、キッチンタオルで水気を拭き取る。

●小麦粉をまぶし、さらにカレー粉をまぶす。振りかけてもOK。

●油で揚げる。根生姜を千切りにする。

●揚げた鰯に千切り生姜をかけ、二杯酢かゆずぽんをかける。

〈ワンポイントアドバイス〉

☆鰯は手で骨が取れるくらい扱いやすい魚なので、是非一度挑戦してください。一度食べたら病みつきになる美味しさですよ。

⑤ 牡蠣《かき》フライ

〈ワンポイントアドバイス〉

☆牡蠣が小さい時は、2～3個を一つにまとめて衣を付けましょう。あんまり小さい牡蠣をフライにすると、揚げ煎餅《せんべい》のようになってしまって、あの、噛むと海のジュースが口に広がる美味しさが失われてしまいます。

⑥ 春巻

〈材　料〉10個分

春巻の皮（大）10枚　モヤシ1袋（200gくらい）

干し椎茸30gくらい　豚挽き肉200g

清酒　中華スープの素　塩・コショウ　片栗粉　各適量

〈作　り　方〉

●干し椎茸を水で戻す。戻し汁は使うから捨てちゃダメ！

●椎茸が柔らかくなったら水分を絞り、細切りにする。

●鍋に油を入れて熱し、豚挽き肉を入れ、火が通ったら清酒、塩・コショウで軽く味を付け、次に細切り椎茸、モヤシの順に入れて炒める。椎茸の戻し汁を入れ、中華スープの素で味付けする。

●水溶き片栗粉で固めにとろみを付ける。

●中身が冷めたら春巻の皮で包み、揚げる。揚げたてが美味い。

〈ワンポイントアドバイス〉

☆戻し汁は材料の量を見て、入れすぎないように加減を。

☆春巻の中身が余ったら、椎茸の戻し汁なども加え、水を足して中華スープに。溶き卵を入れると〝中身の余り感〟は払拭されます。

☆そのままか、辛子醤油を付けても美味しいですが、ゆずぽんも合います。

⑦春キャベツのペペロンチーノ

〈材　料〉3～4人前

春キャベツ1個　ニンニク適宜

ジャコかシラス30～50g

鷹の爪の輪切り少量　オリーブ油適量　塩適宜

〈作　り　方〉

●ニンニクはみじん切りする。キャベツは洗って水を切ってちぎるかざく切りにする。

●フライパンにオリーブ油を入れ、ニンニクと鷹の爪を入れて炒める。香りが立ってきたらジャコかシラスを入れて軽く火を通す。

●キャベツを入れ、塩をしたら火を止め、熱い油をからめる。

〈ワンポイントアドバイス〉

☆炒め物というより温野菜サラダの感覚で作ってください。

☆友人はジャコもシラスも切らしていて、キャベツだけで作ったらそれも結構美味しかったと言っていました。

☆小魚の代わりに挽肉を使うのもありです。

⑧ ブリ大根

〈材　料〉３～４人前

大根１本　ブリのあら５００ｇくらい

清酒　醤油　味醂《みりん》か砂糖　塩　各適量　好みで根生姜

〈作　り　方〉

●大根の皮を剝き、３センチくらいの輪切りにして、30分以上茹でる。途中で水を換えてやると臭みが抜ける。

●ブリを沸騰した湯に入れて、さっと湯がく。

●鍋に水、清酒、醤油、味醂か砂糖を入れて味加減をし、茹でた大根とブリを入れて煮る。塩を少し入れて醤油の酸味を抑えても良い。アクを取り、味が染みるまで煮る。

●出来上がりに根生姜の千切りなどを添えると香りが良い。

〈ワンポイントアドバイス〉

☆ブリは一度湯がいてから煮ると、臭みの度合いが全然違うのです。

☆煮る時に根生姜の薄切りを入れても香りが良くなります。

☆砂糖か味醂かは、お好みにもよるので、両方入れてもＯＫです。

☆言うまでもないですが、大根とブリは火の通るまでにかかる時間が違うので、大根の下茹でなしで一緒に煮ると、大根が柔らかくなる頃、ブリはコンビーフ状態になっています。

⑨ 白和え

〈材　料〉３～４人前

厚揚げ１枚　ホウレン草１束　人参半分

煎りゴマ　砂糖　塩　めんつゆ　各適量

★厚揚げは絹揚げの方が適しています。

〈作　り　方〉

●厚揚げを湯通しして油抜きしたら、サイコロ状に切る。

●ホウレン草を茹でて３センチくらいの長さに切る。

●人参を長さ３センチくらいの長方形にスライスして茹でる。

●薄めためんつゆにホウレン草と人参を漬けておく。

●すり鉢で煎りゴマをこれでもかと言うくらい（しっとりするまで）擂《す》る。ゴマを別容器に移して今後は厚揚げをクリーム状になるまで擂りつぶす。

●ゴマをすり鉢に戻し、砂糖、塩（隠し味なので少々）を加えてよく混ぜ、味見しながら加減を調節する。
●汁気を切った人参とホウレン草をその中に入れ、和える。

〈ワンポイントアドバイス〉

☆豆腐でなくて厚揚げを使うのは、水切りの手間が省けることと、揚げ衣のこくがプラスされるからです。

☆ホウレン草と人参をめんつゆに漬ける一手間で味に差が出ます。一度死ぬ気でゴマを擂ってみましょう。自分で擂ったゴマは香りが高くて美味しいですよ。

⑩白滝の常備菜二種

A　タラコと白滝の煎り煮

〈材　料〉

白滝3玉　タラコか明太子適量（2腹）
清酒　だし汁　醤油　各適量

〈作り方〉

●白滝を適当な長さに切って茹で、アクを抜く。
●鍋に清酒、だし汁、醤油を底がかぶる程の量入れ、沸騰させる。白滝を入れ、水分が蒸発するまで丁寧に煎る。その途中で薄皮を取ったタラコか明太子を入れ、一緒に炒り煮する。

B 豚肉と白滝の生姜煮

〈材　料〉
白滝３玉　豚コマ２００g
根生姜　清酒　醤油　塩　砂糖　各適量

〈作　り　方〉
●白滝を適当な長さに切って茹で、アクを抜く。
●生姜を千切りにする。
●鍋に水、酒、醤油、塩を入れ、沸騰したら豚コマと生姜千切りを入れる。砂糖は、醤油の酸味を消すために入れるので、甘味を感じたら入れ過ぎということ。
●豚肉に味が染みたら白滝を入れ、全体に味が染みたら出来上がり。
●肉は少し濃いくらいの味のほうが、白滝が入るとちょうど良くなる。

〈ワンポイントアドバイス〉
☆これは白滝が命です。美味しい白滝を使いましょう。
☆東京築地場外市場の「花岡商店」の白滝は絶品です。場所は「鳥藤《とりとう》」の並び、有名な「マグロ焼き」のお店の隣です。

⑪ 焼き魚・煮魚

〈ワンポイントアドバイス〉
☆これは魚が命です。美味しい魚を選びましょう。
☆東京築地場外市場の「丸福水産」と「越後水産」には高級魚からリーズナブルなお魚まで揃《そろ》ってますよ。丸福水産は新大橋通りから波除《なみよけ》神社に向かう通りの並び、越後水産は花岡商店と同じ通りの、ずっと西寄りの向かい側にあります。
☆場外のお店はほとんど午前中で店仕舞いします。越後水産は10時半には閉店してしまうので、お買い物はお早めに。

⑫ コロッケ

いざ家庭料理の最難関、
コロッケ作りに挑戦してみましょう。

〈材　料〉３～４人前
メークイン５～６個　玉ネギ2個　合挽き肉２００g
小麦粉　卵　パン粉　塩・コショウ　各適宜

〈作　り　方〉

●ジャガイモは皮ごと茹でる。串を刺してすっと通ればＯＫ。布巾で包むようにして持って、皮を剝きます。ボウルに水を用意して、指を冷やしながら剝いてね。後はポテトマッシャーでザックリ潰す。

●玉ネギを粗みじんに切って、フライパンで合挽き肉と炒めて塩・コショウする。

　★カレー味と２種類作りたい人は、炒めた具材の半分を容器に取り、フライパンの残りにカレー粉を入れて再度炒めておく。

●潰したジャガイモと炒めた具材をそれぞれ混ぜ合わせる。

●たわら形、あるいは小判形に成形し、小麦粉・溶き卵・パン粉の順に衣を付ける。

　★この段階でラップして冷凍保存することも可能です。

●鍋に油を入れて熱し、コロッケを揚げる。

〈ワンポイントアドバイス〉

☆これが出来れば、もう家庭料理で作れないものはありません。どんどん新しい料理に挑戦してください。

⑬ おまけ

ここまで来たら〝変わりコロッケ〟も作ってみましょう。

〈材　料〉３～４人分

メークイン５～６個　甘塩鮭１切れ　粗挽きフランク２本
ホウレン草１束　細切りチーズ１００ｇ　バター適量

〈作　り　方〉

●ジャガイモを茹でて潰すのは同じ。

●鮭を焼いてほぐす。フランクを薄切りにして炒める。ホウレン草をバター炒めする。ホウレン草を半量ずつ鮭、フランクと合わせる。

●潰したジャガイモを半分に分け、鮭の組とフランクの組に入れ、それぞれに細切りチーズを５０ｇずつ加えて混ぜ合わせる。

●形成して衣を付けて揚げる。

〈ワンポイントアドバイス〉

　愛する人のために作ってあげてください。逆に言えば、こんな面倒臭い料理、愛がないと作れません。

⑭ 最後にひと言

私の働いていた社員食堂のお客さんはガテン系の方が多く、私も大食いです。だから「書いてある通りの材料で作ったら10人前出来てしまった」という方もいらっしゃるかも知れません。

その時はお友達に分けてあげましょう。

そして、次からはご自身の食べる量で計算してください。

みなさんが美味しい物を食べて、幸せな気分になって、良い一日を過ごされますように、心から願っております。

本作品は「ランティエ」二〇一四年十二月号より二〇一五年四月号に掲載されました。

著者略歴

山口恵以子〈やまぐち・えいこ〉
1958年東京都生まれ。早稲田大学文学部卒。会社勤めをしながら松竹シナリオ研究所でドラマ脚本のプロット作成を手掛ける。2007年『邪剣始末』でデビュー。13年、丸の内新聞事業協同組合の社員食堂に勤務するかたわら執筆した『月下上海』で第20回松本清張賞を受賞。他の著書に『あなたも眠れない』『小町殺し』『恋形見』『あしたの朝子』『熱血人情高利貸　イングリ』『早春賦』『おばちゃん街道　小説は夫、お酒はカレシ』がある。

Kadokawa Haruki Corporation

山口　恵以子
食《しょく》堂《どう》のおばちゃん

*

2015年 8 月18日第一刷発行
2015年12月18日第四刷発行

発行者　角川春樹
発行所　株式会社　角川春樹事務所
〒102-0074　東京都千代田区九段南2-1-30　イタリア文化会館ビル
電話03-3263-5881（営業）　03-3263-5247（編集）
印刷・製本　中央精版印刷株式会社

ISBN978-4-7584-1268-1 C0093
http://www.kadokawaharuki.co.jp/

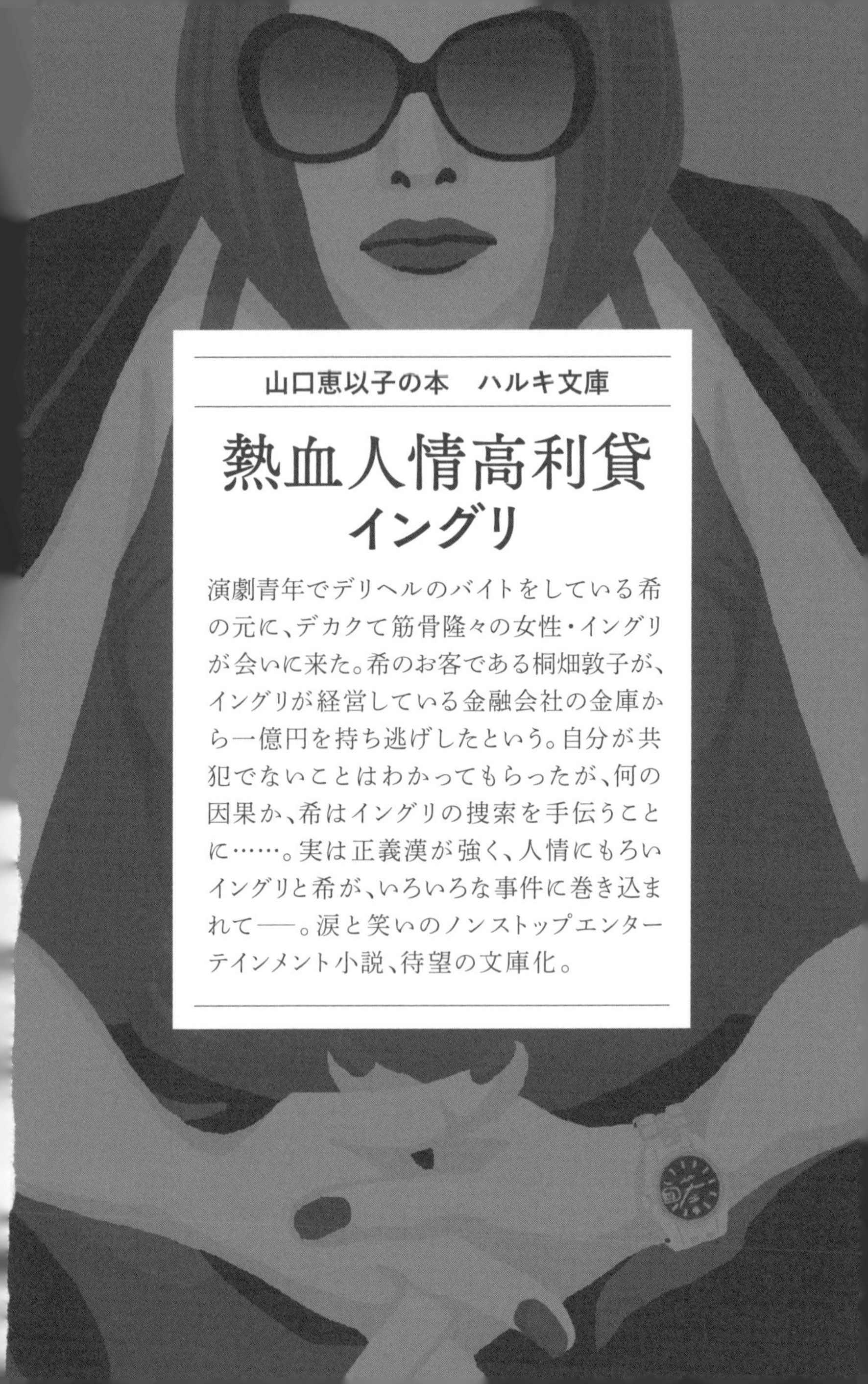

山口恵以子の本　ハルキ文庫

熱血人情高利貸
イングリ

演劇青年でデリヘルのバイトをしている希の元に、デカクて筋骨隆々の女性・イングリが会いに来た。希のお客である桐畑敦子が、イングリが経営している金融会社の金庫から一億円を持ち逃げしたという。自分が共犯でないことはわかってもらったが、何の因果か、希はイングリの捜索を手伝うことに……。実は正義漢が強く、人情にもろいイングリと希が、いろいろな事件に巻き込まれて——。涙と笑いのノンストップエンターテインメント小説、待望の文庫化。